Claude

Chère Lectrice,

Certaines d'entre nous rêvent de devenir riches et célèbres. D'autres, d'une aventure d'une nuit avec un inconnu évidemment beau et sexy. Sans parler de celles qui caressent le désir (inavoué) de renouer avec leur premier amour... Et vous, à quoi rêvez-vous? Si vous ne voulez pas répondre tout de suite, et vous laisser le temps de réfléchir, alors Rouge Passion vous propose ce mois-ci une moisson d'idées...

A tout seigneur tout honneur, puisque le Rouge Passion n° 801 porte la promesse de vous faire vivre *La brûlure du désir*... tant il est vrai que se retrouver, lors de votre nuit de noces, dans le lit d'un homme qui n'est pas votre mari, est un fantasme assez audacieux...

Pour Andie, en revanche, le rêve serait de retrouver la magie des premiers mois de son mariage avec Sean. Ou plus exactement de la première de leurs *Nuits d'ivresse*, où Sean s'était montré un amant parfait. Et comme rien jamais n'arrête une femme amoureuse, elle risque fort de parvenir à ses fins... Tout comme Taryn, d'ailleurs, qui parvient à faire jouer au très raisonnable Josh Banks le rôle de *Séducteur malgré lui*. Et à le prendre au piège...

Et que dire des trois autres héroïnes de ce programme d'octobre? Il sera bien difficile en effet pour Ellen, Katie et Sarah, d'échapper à l'emprise d'une fascination qui va faire basculer leur vie...

Quel que soit votre ~~~~ Passion vous permettra d'~~~~ ~~~~ ctobre...

B~~~~

~~~~ponsable de collection

clau

— Séducteur malgré lui

KATE HOFFMANN

Séducteur malgré lui

COLLECTION ROUGE PASSION

Cet ouvrage a été publié en langue anglaise
sous le titre :
THE STRONG SILENT TYPE

Traduction française de
VÉRONIQUE DUMONT

⟨H⟩ et HARLEQUIN sont les marques déposées de
Harlequin Enterprises Limited au Canada
Collection Rouge Passion est la marque de commerce de
Harlequin Enterprises Limited.

1

Josh Banks ne comprenait pas l'italien. Il déchiffra néanmoins sans trop de peine le gros titre de la revue *Ieri*, parue deux mois plus tôt.

« Incorrigible Taryn. »

Une photographie éloquente accompagnait le titre racoleur. Il avait déjà vu une photo de Taryn, chez sa grand-mère, mais à l'époque, la jeune femme n'était encore qu'une adolescente d'une quinzaine d'années au physique ingrat. Un appareil dentaire lui dévorait la bouche et de longs cheveux châtains encadraient son petit visage maigre. Josh se rappela la pitié qu'il avait éprouvée alors à la vue de cette gamine, orpheline depuis l'âge de neuf ans.

Mais le temps avait passé. Et Taryn Wilde était devenue une superbe jeune femme. Ses cheveux ternes semblaient s'être gorgés de soleil et ses petites dents blanches s'étaient parfaitement alignées. L'expression d'émouvante fragilité de son visage n'était cependant plus perceptible sur la scène saisie par le paparazzo.

Ceinturée par un policier, Taryn levait son sac à main pour le frapper. La photographie, habilement cadrée, laissait apercevoir ses jambes interminables. Hormis un collier de perles et des escarpins à talons hauts, elle ne portait en tout et pour tout qu'une veste de smoking, dont l'échancrure révélait un décolleté provocant, et une minuscule culotte. Autour d'elle, la foule exprimait un mélange d'indignation et de satisfaction et Taryn paraissait la défier.

Josh l'observa avec plus d'attention. Elle avait un visage fin et pointu, auréolé de boucles blondes, un petit nez impertinent, des lèvres charnues, des yeux dont il n'aurait pas su dire la couleur mais qui étaient très clairs, limpides, inoubliables. Il émanait de ce regard une telle candeur et tant d'innocence qu'il se sentit ému... Quelle raison avait pu la pousser à agresser un représentant de la loi ?

— Je vous dis qu'elle est folle.

A contrecœur, Josh s'arracha à la contemplation de la jeune femme et étouffa un juron. Ecarlate, le souffle court, Olivia Wilde paraissait à deux doigts du malaise. Jetant le journal sur son sous-main, il prit la carafe d'eau posée sur son bureau et lui remplit un verre.

— Tenez, dit-il. Cela vous fera du bien.

Elle lui jeta un regard agacé.

— Ne vous inquiétez pas, mon petit. Je ne vais pas m'évanouir. Tomber raide morte chez mon conseiller financier serait vraiment trop banal. Quand mon heure sera venue, je partirai avec panache.

Avec fierté, elle releva la tête et s'empara du verre. Au grand soulagement de Josh, elle parut se calmer.

— Je ne m'inquiétais pas, dit-il avec diplomatie. Simplement, ce ne serait pas le moment de nous quitter. D'ici trois mois, certains de vos titres vous rapporteront de quoi faire construire la maison de vos rêves.

Ses paroles déclenchèrent le rire d'Olivia et il s'en étonna. Qu'avait-il dit de si drôle ? Elle paraissait toujours le trouver tellement amusant... était-il en train de le devenir ? Sa mère et ses cinq sœurs ne semblaient pas de cet avis. Selon elles, il n'avait aucun sens de l'humour, et honnêtement, Josh penchait plutôt pour le jugement familial. Il se connaissait et savait qu'il était d'une nature plus

8

posée que fantaisiste et qu'il demeurait, en toute situation, discret et réfléchi.

— Serait-ce une tentative de corruption? le taquina Olivia.

— Pas du tout. C'est la réalité. Avec un taux d'intérêt à douze pour cent, ces titres devraient dégager un excellent bénéfice et votre future maison est déjà prévue dans notre prochain budget.

— Mon Dieu, Josh, que ferais-je sans vous?

Elle soupira et lui sourit avec une gratitude sincère.

— Vous vous souvenez, quand nous nous sommes rencontrés? Je pensais que j'allais finir mes jours dans l'une de ces maisons de retraite réservées aux anciens comédiens fauchés. Je vous dois tellement.

Gêné, Josh détourna les yeux. Il détestait les compliments et estimait normal de faire gagner de l'argent à ses clients. Mais c'était à Hollywood qu'il exerçait, et, chez les stars, un bon conseiller financier était aussi vital qu'un chirurgien esthétique. Il aurait dû commencer à le savoir.

— Je vous dois beaucoup, moi aussi, Olivia.

Et le mot était faible. Chaque fois qu'il se rappelait ce jour lointain où elle était entrée dans son bureau, huit ans plus tôt, Josh éprouvait la même émotion. Il se revoyait encore ouvrir la porte et reconnaître avec stupéfaction la comédienne qui, à l'âge d'or du cinéma, avait travaillé avec les plus grands, de Humphrey Bogart à Cary Grant.

Au fil du temps, les apparitions d'Olivia Wilde s'étaient espacées et le jour de leur rencontre, elle n'avait plus tourné sur un plateau depuis douze ans. Ses ressources s'étaient épuisées et elle était au bord du gouffre. Du moins, le supposait-il, sinon pourquoi serait-elle venue le voir alors qu'il n'était qu'un débutant? Aujourd'hui encore, Josh remerciait le ciel d'avoir mis Olivia sur sa route. En moins d'un an, il avait su régler ses problèmes financiers, gagnant au passage une clientèle célèbre, pour la plupart de vieilles connaissances de la star, dont l'éclat et les ressources avaient fini aussi par se tarir.

Depuis leur première rencontre, ils avaient tous les deux parcouru un long chemin. Le bureau de Josh, autrefois situé au rez-de-chaussée d'un vieil immeuble d'Hollywood, s'était transformé en de somptueux locaux en plein cœur de Beverly Hills. Il avait une vingtaine d'employés et gérait aujourd'hui les intérêts des célébrités les plus influentes d'Hollywood. Nombre de ses clients étaient plus fortunés qu'Olivia, mais elle restait sa préférée.

L'année précédente, elle avait obtenu un second rôle dans un film à petit budget qui avait été encensé par la critique et le public. Sa gloire évanouie l'avait alors rattrapée et, à soixante-quinze ans, elle faisait partie des favorites pour l'oscar du meilleur second rôle féminin. Ravie et affolée, elle venait régulièrement lui confier ses angoisses.

— Vous savez qu'elle est revenue ?

Josh remonta ses lunettes et demanda :

— Qui ?

— Mais Taryn, voyons. Elle est à Los Angeles depuis un mois et elle fait déjà parler d'elle. Regardez.

D'un doigt nerveux, Olivia Wilde ouvrit son sac et en sortit une édition de l'*Inquisitor*.

— Les journalistes doivent être ravis de son retour d'Italie.

Docile, Josh saisit le journal et y jeta un coup d'œil. Une photo de Taryn s'étalait en première page, accompagnée d'un gros titre évoquant une vague conquête de la jeune femme.

— Pourquoi est-elle revenue ? demanda-t-il en contemplant sa longue silhouette déliée, aux formes avantageuses.

Cette fois, elle était vêtue d'un ensemble léopard d'un goût douteux, mais force était de reconnaître qu'elle le portait avec panache.

10

— Je ne sais pas, soupira Olivia. Peut-être l'ont-ils expulsée. Depuis qu'elle a quitté ce prince... ou ce baron hongrois.

Josh releva les yeux, un petit sourire sur les lèvres.

— Je crois qu'il était italien. Et si ma mémoire est bonne, il était comte.

— Oui, eh bien, comte ou baron, Taryn a choisi le pire moment pour revenir aux Etats-Unis. Si elle continue ses excentricités, elle va ruiner ma dernière chance de décrocher un oscar.

— Allons, Olivia, ne vous inquiétez pas. Votre prestation est parfaite et c'est elle que les votants retiendront.

— On voit bien que vous ne connaissez pas Hollywood. Ma prestation ne représente qu'une infime partie dans le poids de leur décision. Vous vous souvenez de Diana Darling ?

— Non... qui était-ce ?

— L'une des prétendantes à la nomination de la meilleure actrice en 1953. Jusqu'à ce que son mari soit impliqué dans une affaire de mœurs avec un danseur. Et Harmon Cummings, recalé pour ses litiges avec le fisc ? Sans parler de Jocelyne Steward. Non...

Un soupir à fendre l'âme franchit les lèvres écarlates d'Olivia.

— Ils avaient tous l'oscar à portée de main, et un scandale les a renvoyés à l'anonymat. Taryn va tout faire rater.

— Avez-vous essayé de lui parler ? Je veux dire... si vous lui expliquiez l'enjeu de la situation, peut-être accepterait-elle de se tenir tranquille jusqu'à la cérémonie ?

— Vous ne la connaissez pas. Non...

Olivia prit dans son sac un mouchoir de dentelle et s'éventa avec nervosité.

— Nous n'avons jamais été en très bons termes. Après la mort de mon fils, Olivier, et de sa mère dans ce terrible accident de voiture, il y a vingt ans, Taryn est venue vivre chez moi. Je suis devenue sa tutrice mais je dois avouer que je ne connaissais rien à l'éducation d'un enfant. Olivier avait été élevé par sa nourrice. De toute façon, reprit-elle sans laisser à Josh le temps de placer un mot, Olivier et sa femme n'auraient certainement pas fait mieux que moi. Lorsque Taryn a débarqué dans ma vie, ma carrière était en perte de vitesse et je n'ai pas eu de temps à lui consacrer. Elle était insupportable. Alors je l'ai envoyée en pension en Europe.

— Et aujourd'hui ? demanda Josh.

— Aujourd'hui ?

Olivia laissa fuser un rire cynique.

— Elle fait du modelage, de la peinture, de la sculpture. Elle a chanté dans un groupe de rock ridicule, elle a été styliste dans la haute couture et pour couronner le tout, dernièrement, elle a joué dans un spectacle et s'est fait arrêter pour s'être déshabillée sur scène. C'est une bohémienne, qui se moque de tout, et de tout le monde !

Impressionné, Josh haussa les sourcils.

— Elle a fait du strip-tease ?

— Oh, pas comme les filles d'Hollywood Boulevard, rassurez-vous. Non, elle fait de l'art, vous saisissez la différence ?

Il ne la saisissait pas mais ne releva pas le sarcasme.

— Pourquoi est-elle revenue ? répéta-t-il.

— Parce qu'elle a besoin d'argent. A vingt et un ans, elle a reçu une coquette somme en héritage mais avec le train de vie qu'elle a mené, il ne doit plus lui rester grand-chose.

— Si je comprends bien, vous voudriez que je m'occupe de ses intérêts.

— Bien sûr que non ! Je veux que vous la kidnappiez et que vous l'enfermiez jusqu'à la remise des oscars.

— Vous ne croyez pas que vous exagérez un peu, Olivia ?

— Non.

Butée, la star laissa son regard bleu dériver vers les hautes baies vitrées.

— Il faut que vous alliez la trouver pour lui dire le formidable enjeu que ce vote représente pour moi.

— Elle doit certainement le savoir. Après les épreuves que vous avez subies et vos problèmes financiers...

— Elle n'est au courant de rien. Pour ma petite-fille, j'ai toujours vécu dans l'aisance. Et je vous interdis de lui raconter la vérité. Je déteste les rôles de martyre.

Avec dignité, elle prit son sac et se leva. Josh l'imita aussitôt. Olivia Wilde l'impressionnait. Grande et toujours merveilleusement mince, elle était impériale, dardant sur ceux qui l'entouraient un regard bleu électrique à l'éclat intact.

— Je veux simplement que vous alliez lui parler, reprit-elle d'un ton ferme et sans appel. Je ne sais pas où elle est, mais je vous fais confiance pour retrouver sa trace. Ensuite, achetez-lui un billet d'avion pour Venise, Paris ou la Sibérie, ça m'est égal... pourvu qu'elle quitte la ville.

— Olivia, honnêtement, je ne sais pas...

— Vous êtes la seule personne en qui je puisse avoir une entière confiance, Josh. Et puis... vous devez savoir qu'un oscar améliorerait confortablement mon avenir financier, et donc le vôtre, acheva-t-elle avec un sourire aussi charmeur qu'autoritaire.

Elle lissa gracieusement les plis de sa robe d'organdi.

— Il faut que je vous quitte, maintenant. J'ai rendez-vous avec un vieil ami pour déjeuner. Ronnie et moi ne nous sommes pas revus depuis son départ pour la Maison Blanche.

D'un petit pas pressé, Olivia Wilde gagna la porte.

— Vous me tenez au courant, n'est-ce pas ?

— Oui, bien sûr...

— Vous êtes un ange.

13

Un ange ! Les yeux rivés sur le battant capitonné qui se refermait sur sa cliente, Josh se lamenta en silence. Pourquoi s'était-il laissé faire ? Il n'avait ni le temps ni l'envie de rechercher Taryn Wilde. Mais avec Olivia, c'était toujours pareil. Il était incapable de dire non. Et quand bien même elle lui aurait laissé une chance de se dérober, il ne l'aurait pas saisie.

Dépité, il retourna s'asseoir et aperçut la photo de Taryn sur le journal italien. Etait-elle aussi insupportable que sa grand-mère voulait bien le dire ? Ou était-elle restée une enfant blessée ? Peut-être Olivia n'avait-elle pas compris sa douleur. Lui savait ce que signifiait perdre un être cher. Son père avait succombé à une crise cardiaque alors qu'il n'avait pas quinze ans et, comme Taryn, il s'était retrouvé seul. Enfin... presque.

Seul au milieu de six femmes. L'épreuve avait été rude.

Après le décès prématuré de son père, sa mère et ses cinq sœurs l'avaient entouré d'un amour étouffant et il avait dû s'affirmer en tant qu'homme dans cet univers féminin. Mais elles l'avaient aimé. Taryn, elle, n'avait probablement jamais connu la chaleur et l'amour d'une famille. Il l'imaginait, fillette esseulée quêtant une attention que personne n'avait le temps de lui accorder, vivant dans l'ombre de son père défunt et de sa trop célèbre grand-mère. L'un et l'autre avaient laissé un héritage haut en couleur dont le public et la presse ne semblaient pas vouloir se lasser. Les rares films tournés par Olivier Wilde avant sa mort étaient devenus des films culte. Quant à Olivia, elle continuait après cinquante ans à incarner l'image même de la droiture et de la séduction. Où Taryn aurait-elle pu trouver sa place au sein d'une famille si envahissante ?

Tendant la main, Josh prit le journal et ses yeux noirs s'animèrent d'une lueur dubitative.

Il avait obtenu un diplôme sur la fiscalité à l'université

14

de Northwestern et un MBA à Princeton. Il connaissait les lois, jonglait avec les déductions et les rentes viagères. Dans son métier, il était devenu une sommité, mais il était un domaine où ses lacunes étaient insondables.

Celui des femmes.

Surtout des femmes aussi belles et libérées que l'était Taryn Wilde.

Et soudain, il regretta d'avoir cédé à Olivia.

Avec perplexité, Josh contempla la façade de briques rouges. Ce n'était pas un immeuble mais un vieux bâtiment sans charme, situé dans un endroit peu reluisant d'Hollywood. Etonné, il se retourna vers son ami, Tru Hallihan, auquel il avait demandé de localiser Taryn.

— Tu es vraiment certain qu'elle habite là ?

— Bien sûr. Et cela n'a rien d'étonnant. Les artistes adorent ces lofts aménagés dans d'anciens entrepôts. Celui-ci servait d'atelier à une compagnie cinématographique.

Les mains dans les poches, Josh hocha la tête d'un air dubitatif.

— C'est incroyable. Je ne peux pas croire que Taryn vive ici.

— Eh, tu pourrais tout de même me faire confiance ! Je suis détective privé, oui ou non ?

— O... oui.

— Merci pour l'enthousiasme.

Tru leva les yeux au ciel et soupira.

— Tu ne mérites pas que je te dise la suite.

— Quelle suite ?

— Le loft où vit ta sirène appartient à Margaux Forestier. Elle dirige la Galerie Talbot, sur Cienega Boulevard.

— Ce n'est pas ma sirène, Tru.

Josh reporta son attention sur le loft.

— Comment peut-on avoir envie de vivre dans un endroit pareil ?

— Pour les mêmes raisons qui font que tu as envie de vivre à Bachelor Arms, mon vieux.

— Tru !

Il se retourna, outré.

— Tu ne vas pas comparer Bachelor Arms avec... ça ! Tu oublies que tu y vis, toi aussi, et Garrett...

— Eh, ne te fâche pas ! Bien sûr que j'y vis, parce que, à une certaine époque de ma vie, je ne pouvais rien m'offrir d'autre. Quant à Garrett, il a tellement peur qu'on lui propose un job ailleurs qu'il préfère rester là pour éviter des déménagements en chaîne. Mais en ce qui te concerne...

Tru Hallihan eut un sourire chargé d'ironie.

— Je ne comprends pas ce qui te pousse à rester.

— Pourquoi ?

— Tu te moques de moi ? Avec ce que tu gagnes, tu aurais les moyens de t'acheter une maison dans les plus beaux quartiers de la ville !

Josh haussa les épaules.

— C'est possible, mais j'aime mon appartement. Il est pratique, confortable et bon marché. Pourquoi voudrais-tu que je perde du temps et de l'argent à chercher une maison dont je n'ai pas besoin ?

— Parce que tu peux te le permettre.

— Oui mais, justement, si je peux me le permettre, c'est parce que je ne dépense pas mon argent en futilités.

— Qui te parle de futilités ?

Avec agacement, Tru désigna la vieille Volvo garée le long du trottoir.

— Tu ne crois pas, juste pour te citer un exemple, que tu pourrais changer de voiture ?

— Pourquoi ? Elle est économique et très sécurisante.

— Avec tout l'argent que tu nous as pris mardi soir au poker, tu pourrais t'offrir une Ferrari, ou une Maserati. Ce serait tout de même plus explosif !

Josh ne prit même pas la peine de répondre. Tous les

16

mardis soir, il retrouvait Tru et Garrett McCabe, locataires comme lui au Bachelor Arms, pour une partie de poker. Après avoir fait connaissance dans la blanchisserie de la résidence et s'être revus, trois fois, entre les machines à laver et les sèche-linge, ils avaient décidé de traverser la rue et de s'installer en face, dans la salle enfumée du Flynn. Bob Robinson, le propriétaire, et Eddie Cassidy, barman et futur scénariste, étaient devenus leurs partenaires.

— A propos de poker, remarqua Josh, tu joues avec nous la semaine prochaine ?

— Evidemment.

— Tu ne dois pas te marier samedi ?

Tru devait épouser Caroline Leighton, plus connue sous le nom du Dr Carly Lovelace, la plus célèbre psychologue sévissant sur les ondes de Los Angeles. Après une rencontre pour le moins surprenante, les deux tourtereaux avaient annoncé leur mariage à Noël.

— Si, et alors ? riposta Tru avec agacement. Je ne vais pas me préparer cinq jours à l'avance.

— Non... bien sûr, mais tu ne dois pas déménager ?

— La plupart de mes affaires sont déjà chez Caroline. Et puis, Ken Amberson m'a fait signer un bail d'un an. J'ai encore l'appartement pour neuf mois. Tiens, d'ailleurs, ça me fait penser... tu ne connaîtrais pas quelqu'un qui voudrait le sous-louer ?

— Non, mais tu ne devrais pas avoir de mal à trouver. C'est bien placé et raisonnable, que peut-on demander de plus ?

— D'emménager avec le fantôme de l'ancien locataire, ricana Tru.

— Tu ne vas pas recommencer.

— Je ne recommence pas. Je dis la vérité.

Comment Tru pouvait-il croire à cette histoire absurde ? Le jour où il l'avait aidé à s'installer, Josh avait aperçu dans le miroir de son appartement le reflet d'une femme à la tenue surannée. L'instant de surprise passé, il s'était dit qu'il s'agissait d'une locataire traversant le couloir et il avait évacué la version stupide d'un visiteur de l'au-delà.

— Tu vas attendre ici jusqu'à ce qu'elle sorte ? Non, je te demande ça parce que l'heure tourne.

— Mais j'y vais, Tru, j'y vais.

— Bon, alors je t'annonce que ta Taryn vit au troisième étage, appartement 3B, et que le code d'entrée est le 7-7-3-7.

Tout en parlant, il avait ouvert la portière de sa voiture.

— Eh, attends ! l'arrêta Josh.

— Non, j'ai du boulot, moi. A ce soir.

Il agita la main et, une seconde plus tard, démarrait en trombe. Décontenancé par le départ brutal de Tru, Josh reporta son attention sur l'entrepôt et leva les yeux vers les fenêtres du troisième. Une immense verrière courait sous la lisière du toit. Il soupira puis regarda sa montre. S'il voulait être de retour à son bureau avant 11 heures, il ne devait plus attendre.

Il allait monter voir Taryn, lui expliquer tranquillement la raison de sa visite et elle plierait bagages. Point.

D'un pas décidé, il traversa la rue et s'arrêta devant la porte de l'immeuble. Sur l'Interphone, l'appartement 3B indiquait le nom de Forestier et, grâce au code fourni par Tru, Josh put entrer sans sonner. Malgré d'importantes transformations, le hall gardait un aspect sinistre et délabré. Face à lui, au milieu d'un mur qui avait dû être blanc, un monte-charge tenait lieu d'ascenseur. Prudent, il emprunta l'escalier, gravissant les étages quatre à quatre. Lorsqu'il frappa à la porte de l'appartement 3B, il eut à peine le temps de reprendre son souffle. Le battant métallique s'ouvrit dans un fracas de tonnerre.

— C'est à cette heure-là que vous arrivez ?

Josh sursauta. Les mains sur les hanches, Taryn Wilde — il la reconnut immédiatement — l'enveloppa d'un regard irrité. Avec sa robe bleue sans manches, courte et couverte de taches de peinture, la petite-fille d'Olivia avait encore des allures d'adolescente. Ravissante, cette fois. Ses cheveux blonds relevés en queue-de-cheval étaient plus foncés que sur la photo et ses yeux gris, ourlés de longs cils dorés, étaient d'une transparence limpide.

— Comment êtes-vous entré ?

Gêné, Josh esquissa un sourire maladroit.

— Par la porte.

— Merci du renseignement. Vous auriez tout de même pu arriver plus tôt. Je vous attend depuis 9 heures.

Comment avait-elle été avertie de sa visite ? Olivia n'avait pas pu la prévenir puisqu'elle ne savait pas où elle vivait. Tandis qu'il s'étonnait, le regard clair de Taryn le détailla.

— Vous n'êtes pas exactement ce que j'attendais mais je pense que vous ferez l'affaire.

L'affaire ? Quelle affaire ?

— Que voulez-vous dire ?

— Oh, rien. Simplement, je n'attendais pas quelqu'un de si classique, avec des lunettes et un costume.

Surpris, Josh baissa les yeux sur son complet bleu nuit.

— C'est ce que je porte habituellement pour travailler...

Il n'acheva pas sa phrase. La main légère de Taryn s'était posée sur le revers de son veston et il fut envahi d'une curieuse sensation de chaleur. Malgré lui, il suivit le lent mouvement des longs doigts de la jeune femme sur le tissu. Puis elle s'écarta et désigna un paravent chinois.

— Déshabillez-vous là.

— Que je... quoi ?

— Vous ne pensez tout de même pas que je vais vous peindre dans cette tenue ? J'ai engagé un modèle pour poser nu, alors dépêchez-vous.

Un modèle ? Pour poser nu ? Brusquement, Josh saisit la méprise.

— Ecoutez, commença-t-il.

— Ah, non ! Ne me dites pas que c'est la première fois. J'ai bien précisé à Margaux que je voulais quelqu'un d'expérimenté.

— Mademoiselle Wilde, je...

— Pour l'amour de Dieu, ne m'appelez pas comme ça !

Elle repoussa une mèche blonde qui tombait sur son front, puis reprit d'une voix plus calme.

— Excusez-moi mais... ce nom est celui de ma grand-mère et puisque je vais vous voir dans le plus simple appareil, autant que vous m'appeliez Taryn. Et ne me dites pas votre nom. Je veux que mes modèles restent anonymes.

— Si vous voulez, mais...

— Dépêchez-vous. Et rassurez-vous, ajouta-t-elle avec un petit sourire. Pour moi, vous n'êtes qu'un corps dénué d'identité sexuelle.

— Je suis peut-être un corps dénué d'identité sexuelle, mais je suis également le conseiller financier de votre grand-mère.

La révélation de Josh fut suivie d'un silence stupéfait. Portant une main à ses lèvres, Taryn murmura :

— Le conseiller financier...

— Oui. Et je m'appelle Josh Banks.

— Josh Banks... ?

Il acquiesça d'un signe de tête.

— Je crains que vous ne m'ayez pris pour quelqu'un d'autre. Je ne suis pas venu pour poser mais pour vous parler de votre grand-mère.

— Vous... vous n'êtes pas le modèle envoyé par Margaux ?

— Non. Je suis désolé.

— Oh, mon Dieu...

Taryn le dévisageait avec incrédulité. Puis, subitement, son regard s'éclaira et elle éclata de rire. D'un rire de gorge, terriblement troublant.

— C'est dommage, dit-elle. Vous aviez l'air plutôt bien fichu.

Un sourire embarrassé sur les lèvres, Josh voulut répondre mais elle tendit la main en direction du palier.

— Par ici la sortie !

Comme il ne bougeait pas, elle se pencha vers lui et ajouta avec une ironie désobligeante.

— Vous comprenez ce que je viens de vous dire ? Au revoir, monsieur Banks.

Il retint de justesse un commentaire acerbe. Olivia n'avait peut-être pas tout à fait tort. Sa petite-fille semblait passablement horripilante.

— Je ne bougerai pas d'ici avant de vous avoir parlé, mademoiselle Wilde... pardon, Taryn.

A son tour, il sourit et, échappant à son regard insolent, jeta un coup d'œil sur le loft. Le soleil entrait à flots par l'immense verrière qu'il avait aperçue depuis la rue, illuminant des toiles posées contre les murs et sur les meubles. L'une d'elles trônait sur un chevalet de bois, non loin du paravent chinois, et un regard suffit à Josh pour confirmer son opinion. Il ne comprenait rien à l'art moderne. Pour lui, les compositions de Taryn étaient des taches de couleur, jetées sur une toile dans un moment de fureur. Ou de folie.

— Si c'est ma grand-mère qui vous envoie, vous perdez votre temps.

Il se retourna et reçut de plein fouet le regard translucide de la jeune femme. Elle paraissait furieuse mais il eut le sentiment d'avoir fait vaciller son assurance.

— Votre grand-mère a une chance d'obtenir un oscar, lui dit-il avec calme. Les votes doivent se dérouler très prochainement et les nominations seront rendues publiques au tout début du mois prochain.

— Et alors ?

L'expression de Taryn s'était teintée de dédain.

— Quel rapport avec moi ?

— La presse semble trouver un malin plaisir à rapporter vos... excentricités. Et vous savez comme moi que le moindre grain de sable pourrait gripper la machine du succès, ruinant par là même les espoirs de votre grand-mère.

Contre toute attente, elle éclata de rire. Mais cette fois, son rire était glacial.

— Et elle vous a envoyé ici pour me faire la morale ?

— Pas exactement. Elle m'a envoyé pour vous demander de quitter la ville.

— Rien que ça.

Un sifflement admiratif franchit les lèvres de Taryn. Des lèvres parfaitement dessinées, d'une incroyable sensualité.

— Et que se passera-t-il si ma chère grand-mère n'est pas sélectionnée ?

— Vous pourrez revenir à Los Angeles.

— Oh, c'est trop aimable, monsieur Banks. Seulement, pour votre gouverne, sachez que je n'ai aucune intention de partir, ni de modifier ma façon de vivre dans le seul but de satisfaire les caprices d'Olivia.

— Vous devriez réfléchir. Vous pourrez aller où vous voudrez. Il doit bien exister un endroit au monde plus approprié à votre... sensibilité artistique que Los Angeles.

— Je suis ici parce que c'est là que j'ai envie d'être. Je dois exposer mi-avril à la Galerie Talbot et je suis en plein travail. Par conséquent vous perdez votre temps et vous pouvez dire de ma part à Olivia que je ne bougerai pas d'ici. C'est clair ?

Un silence pesant et de mauvais augure tomba sur l'atelier. Dérouté par la véhémence de Taryn, Josh hésita. Devait-il remettre la discussion à plus tard ? Revenir lorsqu'elle serait dans de meilleures dispositions ? Le regard arrogant de la petite-fille d'Olivia le fit changer d'avis. Il était là et, qu'elle le veuille ou non, il allait s'acquitter de sa mission.

— D'accord, concéda-t-il, mais si vous refusez de partir, je veux votre parole que vous serez raisonnable.

— J'ai l'impression d'entendre ma grand-mère.

Le mépris contenu dans la voix de la jeune femme transforma l'irritation de Josh en une colère naissante. Pourtant, il réussit à ne pas céder à la provocation.

— Alors ? Vous acceptez ?

— Vous vous prenez pour qui ?

— Pour personne. Mais j'ai une dette envers votre grand-mère et si vous entreprenez la moindre action qui puisse altérer ses chances, vous aurez affaire à moi.

— C'est une menace ?

— Pas du tout. Je m'efforce simplement de vous faire comprendre l'enjeu que cette affaire représente pour Olivia.

— Et si j'accepte ? Vous partirez ?

— Uniquement si vous pensez ce que vous dites.

— Ça... vous verrez bien.

Josh se demandait s'il n'allait pas lui tordre le cou quand un bruit de pas résonna derrière eux. Un jeune homme aux cheveux blonds très courts, bronzé, vêtu d'un short et d'un T-shirt jaune vif, apparut sur le palier.

— Bonjour, dit-il. Je suis bien chez Taryn Wilde ?

— Oui.

— Je m'appelle Mi...

— Non ! l'arrêta Taryn. Vous êtes le modèle envoyé par Margaux ?

— Oui.

— Alors ne dites pas votre nom. Entrez et déshabillez-vous derrière le paravent.

Sans poser de question, le jeune homme passa devant Josh, le salua puis pénétra dans le loft en sifflotant. Moins de dix secondes plus tard, il jetait son short sur la corniche du paravent.

— Vous avez l'intention de rester toute la journée ?

Josh se retourna lentement.

— Non. Ne vous inquiétez pas, Taryn. Je vais vous laisser travailler. Seulement, je vous demande de bien réfléchir à ce que je vous ai dit. Est-ce possible ?

— Peut-être.

La froideur de sa voix démentait le vague assentiment qu'elle daignait lui offrir et Josh serra les poings. Il devait se maîtriser, penser à Olivia ! Affectant l'impassibilité, il vint lui glisser une carte de visite dans la main.

— Ce sont mes numéros professionnels et personnels. Si vous avez besoin de quoi que ce soit, n'hésitez pas à me contacter.

— Bien sûr, lui répondit Taryn avec un sourire pincé. Au revoir, monsieur Banks, et mes meilleurs souvenirs à ma grand-mère.

Sans lui laisser le temps de conclure, elle lui claqua la porte au nez et Josh se retrouva sur le palier. Il se sentit stupide, regrettant d'avoir cédé si rapidement. Comment allait réagir Olivia à l'annonce de son échec ? Elle s'attendait à ce qu'il lui dise : « C'est bon, votre petite-fille est partie, ne vous tracassez plus ! » Mais en fait de ne plus se tracasser, Josh pressentait que les ennuis ne faisaient que commencer.

« Incorrigible Taryn. »

En maugréant, il s'élança dans l'escalier et la revit en pensée. Exquise, troublante, agaçante. Puis, sans raison, il se mit à l'imaginer devant son chevalet, ses cheveux blonds relevés dégageant la courbe parfaite de ses épaules, un sourire satisfait éclairant son ravissant visage à la vue du jeune éphèbe qui surgissait du paravent. Et brusquement, l'idée de la savoir enfermée avec le modèle body-buildé lui parut infiniment désagréable.

Perdue dans la contemplation de sa toile, Taryn laissa échapper un soupir fatigué.

— Comment vous appelez-vous ? demanda-t-elle en nettoyant machinalement son pinceau.

La voix du modèle lui parvint de derrière le paravent.

— Mike mais... je croyais que vous ne vouliez pas connaître mon nom.

Nullement gêné par sa nudité, le jeune homme apparut en pleine lumière et darda son regard d'un bleu électrique sur Taryn. Sans cesser d'essuyer son pinceau, elle l'observa en détail. Il correspondait exactement à ce qu'elle recherchait. Un parfait adonis au corps sculptural et au visage équilibré. Le modèle dont elle avait rêvé... Le seul problème, c'était qu'elle ne ressentait aucune inspiration.

— Vous pouvez vous rhabiller, dit-elle. Je suis désolée mais ce n'est pas mon jour.

— Vous en êtes sûre ? Je peux attendre un moment si vous voulez.

— Non. Je ne vais pas travailler, aujourd'hui. Mais ne vous inquiétez pas, vous serez dédommagé pour le déplacement.

— Oh, ce n'est pas pour ça. Margaux m'a déjà réglé. Pensez-vous avoir besoin de moi demain ?

— Non. Je cherchais quelqu'un d'un peu plus... mince, en fait.

« Un homme au corps souple et musclé... comme celui de Josh Banks ! »

Agacée par l'image qui lui traversait l'esprit, Taryn reposa son pinceau. De toutes les situations absurdes dans lesquelles elle s'était trouvée, celle-ci méritait la palme. Et pourtant, elle devait se rendre à l'évidence. Josh Banks, le conseiller financier de sa grand-mère, lui avait tapé dans l'œil au point de lui donner envie de le peindre. Là. Tout de suite.

— Ce n'est pas grave, répondit Mike.

Esquissant un sourire qui dévoila des dents immaculées, le jeune homme retourna derrière le paravent et se rhabilla. Cinq minutes plus tard, il quittait le loft, non sans avoir essayé d'obtenir de Taryn un rendez-vous plus personnel. Seulement, Taryn avait la tête ailleurs.

Perplexe, elle alla s'écrouler sur les coussins moelleux de son canapé. Ce n'était pas seulement le corps de Josh Banks qui lui avait attiré l'œil, même s'il fallait reconnaître qu'il était doté d'un physique détonnant... pour un comptable, songea-t-elle avec un petit sourire.

Grand, les épaules larges, la taille étroite et les jambes longues, il avait tout d'un bon modèle et, curieusement, son horrible costume paraissait accentuer la perfection de son corps. La chemise blanche, un peu trop raide, soulignait les contours de son torse, la veste révélait une carrure athlétique et le pantalon à pinces, la fermeté d'un ventre plat. Mais il y avait plus que cela.

Son visage aux traits réguliers, avec ses pommettes bombées qui encadraient un nez droit, semblait avoir été sculpté par la main d'un artiste. Il en émanait un mélange de sensualité et de détachement qui renforçait une indéniable virilité. Il y avait en Josh une force silencieuse, une énergie qu'elle brûlait de reproduire sur une toile.

La série de nus qu'elle avait projeté de réaliser pour son exposition n'en était encore qu'à ses balbutiements. Elle avait commencé à travailler en Italie mais n'était parvenue qu'à de vagues esquisses. Les photographes la harcelaient, la privant de son inspiration. Aussi, quand Margaux lui avait proposé de retourner aux Etats-Unis, avait-elle sauté sur l'occasion.

Sans savoir à quand remontaient les prémices de son désenchantement, Taryn avait compris qu'elle ne voulait plus de cette existence futile qui avait été la sienne pendant de si longues années. Depuis plusieurs mois, déjà, elle avait envie de changer de vie. Peut-être la lassitude était-elle venue de son cercle d'amis pour lesquels elle n'était *que* Taryn Wilde, dernière héritière d'une légendaire famille hollywoodienne dont la figure la plus ancienne remontait à son arrière-grand-mère, une gloire du cinéma muet. Son père, peu reconnu de son vivant, était devenu un acteur culte et sa célébrité posthume avait accéléré la curée des médias et des paparazzi. Sans parler de sa chère grand-mère, la grande Olivia Wilde.

Comme un bel oiseau exotique enfermé dans une cage dorée, Taryn sentait que sa vie était devenue un spectacle pour ceux qui se prétendaient ses amis et ce public qui, tels des vautours, se repaissaient de ses moindres faits et gestes.

L'incident avec la police italienne avait été le détonateur. Deux heures après la sortie de la revue *Ieri* avec cette photo agrémentée de commentaires mensongers, Taryn avait plié bagages, galvanisée par une nouvelle extraordinaire : la veille, Margaux avait vendu sa première toile et lui avait proposé d'exposer, étape cruciale dans la vie d'un artiste.

Les mains derrière la nuque, elle s'étira comme un chat et offrit son visage à la caresse du soleil. Mener à bien ce projet d'exposition serait pour elle l'opportunité de se construire une nouvelle vie, loin de son passé tumultueux. L'opportunité d'être enfin reconnue autrement que pour sa jeunesse agitée et sa filiation.

Taryn n'avait jamais vraiment su — ou n'avait pas voulu savoir — quelles raisons l'avaient poussée à se rebeller. L'un de ses amants lui avait suggéré un jour que ce comportement avait été une manière de punir sa grand-mère et ses parents de l'avoir privée d'amour. Une manière, aussi, de se faire reconnaître et aimer. Elle avait accueilli ces propos dans un grand éclat de rire. Elle n'avait pas besoin d'amour. Au fil des ans, elle avait appris à se satisfaire d'elle-même. Mais aujourd'hui, elle avait besoin d'autre chose...

Depuis son retour aux Etats-Unis, curieusement, elle travaillait avec difficulté. Ce qu'il lui fallait, c'était revoir Josh Banks. Ce type était la clé de son inspiration. Elle en avait la certitude. Restait à le convaincre. L'affaire serait sans doute difficile mais elle n'avait pas le choix. La suite de sa carrière — et de sa vie — en dépendait.

2

— A ton avis, que font les femmes lorsqu'elles enterrent leur vie de jeune fille?

Jetant un coup d'œil par-dessus ses cartes, Josh fit le tour de la table. De toute évidence, la question de Tru n'intéressait personne. Eddie Cassidy, seul homme marié du groupe, lui répondit avec un vague haussement d'épaules.

— Rien d'extraordinaire. Elles papotent, grignotent des gâteaux. Elles font des cadeaux à la future mariée.

Garrett McCabe éclata de rire.

— Ça, c'est la légende. En fait, elles assistent à un strip-tease masculin. Tu imagines, Tru? Ta fiancée en train de se rincer l'œil devant un Chippendale?

— Imbécile! La fête se déroule chez son amie Aurore, et Caroline n'est pas du genre...

— Oh, tu sais, avec les femmes, il faut se méfier. Dans tout être sommeille un démon. Prends le cas de Josh, par exemple.

— Arrête, soupira Josh. Tru a raison. Caroline n'est pas du style à apprécier ces distractions de mauvais goût. Et puis ça ne se passe pas du tout comme ça.

— Ah non? railla Garrett. Comment le sais-tu?

— Je le sais parce que j'ai déjà participé à trois enterrements de vie de jeune fille et qu'il n'a jamais été question de strip-tease.

Bob Robinson s'étonna.

— Non ? Alors que font-elles ?

— Je n'en sais rien, grommela Josh. J'ai oublié. Et puis je n'ai jamais été vraiment invité. C'étaient les soirées de mes sœurs. Ma mère m'y amenait pour que je l'aide à mettre les cadeaux dans la voiture...

— Mais tu voyais tout de même ce qui se passait ? insista Tru.

— Oui...

Que pouvait-il lui dire ? Qu'il n'avait jamais compris à quoi rimaient ces coutumes féminines ? Oh, bien sûr, il se souvenait des commérages, des petits fours, des paroles moqueuses des amies de ses sœurs à son sujet, « Josh serait tellement mignon si... » et s'ensuivait toujours une kyrielle de remarques stupides sur sa coiffure, ses vêtements ou sa timidité. Mais où était l'intérêt ?

— Fouille ta mémoire, Josh. Allez...

Josh regarda Garrett avec méfiance. Il ne comptait plus les fois où le grand Garrett McCabe avait évoqué dans ses articles du *Post* sur les folles nuits de Los Angeles, leurs soirées de poker au Flynn, et il n'avait aucune envie d'être cité si l'envie l'en prenait de relater cette histoire. Infiniment doué et caustique, McCabe pouvait parfois se montrer très irrévérencieux. En fait, il était tout le contraire de Josh. Beau parleur, séducteur, il attirait irrésistiblement les regards féminins et ne souffrait d'aucune inhibition.

— Allez ! l'implora-t-il.

— Que veux-tu que je te raconte ? Qu'elles offraient toujours du punch dans des verres minuscules et qu'elles conservaient les rubans des cadeaux pour les coller sur du papier ?

Garrett leva les yeux au ciel.

— Passionnant. Avec un article là-dessus, je suis sûr de décrocher le prix Pulitzer.

Josh ne releva pas mais, au contraire, insista.

— Elles comptaient aussi le nombre de rubans cassés pour prédire le nombre d'enfants qu'elles allaient avoir. Et ça a l'air de marcher. Ma sœur Ellen a cassé trois rubans lors de sa soirée d'enterrement de vie de jeune fille et elle a eu trois enfants. La même chose pour Cindy... avec cinq enfants.

— Hou !

Eddie secoua la tête avec effarement.

— Grâce au ciel, Kim n'en a cassé qu'un.

— Oui, fit Garrett en regardant Tru avec humour. Tu aurais peut-être dû demander à Caroline de ne pas se précipiter pour ouvrir ses cadeaux. A moins que tu n'aies envie de changer des couches pendant les dix prochaines années !

Ses paroles furent saluées par un éclat de rire général. A l'exception du principal intéressé, qui reprit ses cartes en maugréant.

— Merci, les gars. C'est sympa de me remonter le moral.

— Oh, ne te fâche pas. C'est juste pour rire.

— Oui, eh bien, histoire de rire, Josh va nous raconter son entrevue avec Taryn Wilde.

Un silence stupéfait s'abattit sur la table.

— Taryn Wilde, murmura Bob.

— Tu connais Taryn Wilde ? enchaîna Eddie, incrédule.

Josh fusilla Tru du regard. Pourquoi cet imbécile avait-il parlé d'elle ? Il haussa les épaules.

— Oui, enfin... c'est-à-dire...

— C'est-à-dire quoi ? demanda Garrett.

— Olivia Wilde est ma cliente et... Taryn est sa petite-fille. C'est tout.

— C'est tout ! Tu te fiches de nous ?

— Mais non. Que voulez-vous que je vous dise de plus ?

— Eh ! Tu ne vas pas nous faire le coup du secret professionnel ?

Tous approuvèrent Garrett.

— Il a raison, dit Eddie. Raconte.

Quatre paires d'yeux étaient braquées sur lui et Josh comprit qu'il ne pourrait pas échapper à l'interrogatoire. La mort dans l'âme, il se résigna.

— Garrett.

— Oui ?

— Tu me jures de ne pas répéter un mot de ce que je vais raconter ?

— Tu me connais !

— Justement.

Dans un geste théâtral, Garrett leva la main droite.

— Je te le jure, ça te va ?

Peu convaincu, Josh fit un rapide tour de table. Puis il se jeta à l'eau.

— Olivia Wilde craint que les remous médiatiques autour de sa petite-fille compromettent ses chances pour sa nomination aux oscars et elle m'a chargé de la convaincre de quitter la ville jusqu'à la cérémonie.

— Et Taryn a accepté ?

— Non. Elle m'a fichu à la porte. C'est sans doute ma faute, d'ailleurs. Je n'ai sûrement pas su m'y prendre pour lui expliquer la situation.

— Qu'est-ce que tu lui as dit ? demanda Garrett. Raconte. Nous pourrons peut-être t'aider.

Ils étaient tous suspendus à ses lèvres. Malgré sa réticence, Josh finit par se convaincre que la suggestion de Garrett était peut-être valable et que quatre avis valaient mieux qu'un. Il rapporta alors mot pour mot sa conversation avec Taryn.

— Voilà, conclut-il. Je vais lui laisser le temps de réfléchir et, dans un jour ou deux, je la recontacterai. Je suis sûr que je pourrai la convaincre. Avec de l'argent...

— Elle ne partira pas.

L'affirmation brutale de Garrett le déstabilisa.

— Pourquoi ?

— Il a raison, approuva Tru. Taryn Wilde n'est sûrement pas du genre à se laisser manipuler.

Inquiet, Josh quêta les regards de Bob et Eddie. Ils approuvèrent d'un signe de tête.

— Elle a passé sa vie à rejeter l'ordre établi, reprit Garrett, et que tu le veuilles ou non, tu représentes cet ordre. Tu aurais dû lui intimer de rester en ville jusqu'à la cérémonie des oscars. Je suis sûr qu'elle aurait pris le premier avion en partance pour le seul plaisir de te contrarier. Tu sais quoi ? Dis-lui que, après réflexion, Olivia et toi croyez que toute publicité est finalement bonne à prendre et qu'elle ne se gêne surtout pas pour faire parler de la famille Wilde.

— Et si elle suit mes paroles à la lettre ? Olivia sera la première à en souffrir. Non...

Josh secoua la tête.

— Je ne peux pas courir ce risque.

— Il ne te reste donc qu'une seule possibilité, déclara solennellement Garrett.

— Laquelle ?

— Attache-la.

— Enferme-la dans son appartement, surenchérit Eddie.

— Et n'oublie pas de la bâillonner, ajouta Tru en ricanant. Si tu ne veux pas qu'elle ameute tout le quartier.

Ils éclatèrent de rire et Josh leur répondit par un soupir. Il aurait dû s'en douter. Ces quatre-là ne pouvaient jamais être sérieux plus de dix secondes. De toute façon, leurs suggestions étaient stupides. Il n'aurait pas besoin d'enfermer Taryn pour lui faire entendre raison. Il allait négocier avec elle et la convaincre de quitter Los Angeles. Il était persuadé qu'elle comprendrait l'importance de ce vote pour Olivia et qu'elle accepterait de partir. Enfin... il l'espérait. Parce que si ces idiots avaient raison et qu'elle décidait de n'en faire qu'à sa tête, il était dans les ennuis jusqu'au cou.

Pour la centième fois de la matinée, Josh regarda sa montre. Après sa soirée au Flynn et les conseils stupides, mais perturbants, de ses chers amis, il avait décidé de ne pas attendre et de retourner sans tarder chez Taryn. Il avait fixé leur nouvelle entrevue au tout début de l'après-midi. Le vote pour la liste des nominés s'était achevé deux jours plus tôt et Olivia devait venir à son bureau à 3 heures. A ce moment-là, tout devrait être réglé. Avec résolution, il s'absorba dans ses dossiers et ne releva la tête qu'une heure plus tard, quand la sonnerie de son Interphone résonna dans le bureau.

— Oui, Dolores ? fit-il en appuyant machinalement sur le bouton.

— Monsieur Banks, mademoiselle Wilde est ici.

Surpris, Josh vérifia l'heure. Pourquoi Olivia était-elle autant en avance ? Il s'étonnait de sa venue prématurée quand la porte de son bureau s'ouvrit avec fracas sur Taryn Wilde. Vêtue d'une longue jupe noire, de bottes sorties tout droit d'un surplus de l'armée américaine et d'un blouson de cuir bleu électrique trois fois trop grand pour elle, la jeune femme s'arrêta sur le seuil, cachant Dolores qui s'agitait derrière son dos.

— Je suis désolée, monsieur Banks, mais mademoiselle Wilde m'a dit que vous l'attendiez.

— C'est bon, Dolores. Laissez-nous.

Sa secrétaire obtempéra et Josh reporta son attention sur Taryn. Le regard fier, elle repoussa la porte du bout du pied.

— Vous m'attendiez ? demanda-t-elle en entrant dans la pièce.

Son énorme sac en bandoulière battait contre sa hanche et ses cheveux blonds lui tombaient sur les yeux.

— Ne dites rien, ajouta-t-elle. Il suffit de voir votre air sournois pour connaître la réponse.

— Mais...

Comme Josh ouvrait la bouche pour protester, Taryn se laissa tomber dans le fauteuil de cuir, en face de son bureau, et il ne termina pas sa phrase. Le blouson de la jeune femme s'était entrouvert, révélant la dentelle noire d'un soutien-gorge et la naissance d'une gorge ronde. Troublé, il dut faire un effort pour reprendre ses esprits.

— J'avais l'intention de passer vous voir dans l'après-midi. Je... pensais que nous devrions reprendre notre conversation.

— Reprendre notre conversation, ironisa Taryn. Quelle bonne idée. Vous devez être content. Je vous ai évité un déplacement inutile.

Josh ne répondit pas. Cette fille lui faisait perdre ses moyens. Déroutante et totalement imprévisible, elle était à des années-lumière de toutes les femmes qu'il avait fréquentées. Enfin... des rares femmes. Son expérience en matière féminine était plutôt limitée. A la différence de Garrett et de Tru, il était loin d'être un don Juan et, à trente ans, il ne pouvait avouer que quatre conquêtes sérieuses. Une comptable, une avocate, une conseillère financière et un agent de change. Rien de très fantaisiste. D'autant que, en dehors de la chambre, leurs relations s'étaient généralement bornées à des conversations professionnelles. Alors bien sûr, Taryn, en comparaison...

— Vous avez un joli bureau, fit-elle, une lueur moqueuse au fond des yeux. Un peu trop classique peut-être mais...

Elle pianota du bout des doigts sur le bras du fauteuil.

— Il colle bien à votre personnalité.

Josh chercha une réponse pertinente, mais Taryn retira son blouson et tout ce qu'il trouva à dire fut :

— Pourquoi ?

Qu'aurait-il pu dire d'autre ? Ce qu'il avait pris pour un soutien-gorge était en réalité une brassière de dentelle noire, à demi transparente, terriblement provocante, qui laissait deviner des seins fermes et arrogants.

— Pourquoi ? répéta Taryn avec ironie. Eh bien, parce que tout cela vous ressemble.

D'un mouvement souple, elle déplia ses longues jambes et se leva. Puis elle alla se camper devant le mur où s'alignaient tous les diplômes de Josh.

— Vous ne trouvez pas cette composition un peu triste ? Je veux dire... tous ces cadres, de même dimension, alignés comme des petits soldats.

Elle avança d'un pas et, d'une main sûre, retira celui du milieu.

— Vous ne trouvez pas ça mieux ?

La tête penchée, elle hésita puis recommença avec un autre.

— Et là ?

Josh avait du mal à parler. De dos, Taryn était aussi exquise que de face. La brassière dévoilait son dos mince et cambré sur lequel dégringolait une cascade de mèches ébouriffées.

— Ce que je fais ne vous plaît pas, monsieur Banks ?

— Si.. enfin, non...

Indifférente à sa remarque, elle se mit à déplacer les cadres un à un, les retournant, les inclinant, la main plus destructrice qu'une secousse sismique. Josh, qui avait fini par se lever pour assister au massacre, se glissa derrière elle et sursauta quand elle se retourna, rieuse et satisfaite.

— C'est joli, non ?

Il secoua la tête.

— Non...

— Mais si. Regardez...

Dans un geste d'apparente spontanéité, elle posa une main sur son bras.

— Dites-moi ce que vous voyez.

Josh eut beau faire tous les efforts du monde, il ne voyait rien qu'un incroyable désordre. Sans doute était-il totalement hermétique à cette forme d'art, à moins que la proximité et la main de Taryn sur son bras ne soient la

36

cause de son incompréhension butée. Un parfum épicé, ensorcelant, flottait autour de la jeune femme et il eut brusquement envie d'enfouir son visage dans la longue chevelure blonde. Pour cela, il suffisait d'un pas...

— Alors, répéta-t-elle. Que voyez vous ?

— Ce que je vois... je... je ne sais pas...

Mal à l'aise, et irrité de ce comportement d'adolescent en pleine poussée d'hormones, Josh essaya de se ressaisir. Il reporta son regard sur le mur, observa le résultat et haussa les épaules. Taryn pensait-elle réellement que les cadres ainsi disposés représentaient une forme d'art ? Ou bien se moquait-elle de lui ? Il allait lui répondre quand elle glissa sa main fine sur la sienne.

— Vous feriez mieux de retourner vous asseoir, chef. On dirait que vous allez avoir un malaise.

Chef ? Pourquoi l'appelait-elle « chef » ? Passant du trouble à la colère, Josh lui jeta un regard noir. Pour qui se prenait-elle, cette péronnelle ? Elle allait voir...

— Alors, comme ça, dit-elle en reprenant sa place. Vous vouliez me rendre une petite visite. Pour m'offrir quoi ?

— Qui vous dit que j'avais l'intention de vous offrir quelque chose ?

— Allons...

Elle sourit et, parfaitement à l'aise, passa une jambe par-dessus l'accoudoir.

— Vous êtes terriblement prévisible. Quel était le cadeau ? Argent ? Bijoux ? Billet d'avion ? Remarquez, cela n'a aucune espèce d'importance. De toute façon, je l'aurais refusé.

— Pourquoi ?

— Parce qu'à l'heure actuelle, chef, aucune somme d'argent ne pourra me faire quitter Los Angeles. Ma chère grand-mère et vous-même allez devoir oublier vos projets.

— Mademoiselle Wilde...

— Je vous ai déjà dit de ne pas m'appeler comme ça.

Contenant mal son énervement croissant, Josh contourna le bureau et s'assit en face d'elle.

— Taryn... puisque vous semblez refuser de quitter la ville, peut-être pouvez-vous me dire quelle somme vous amènerait à adopter une conduite correcte ?

— Et voilà, ça recommence !

Elle se redressa d'un mouvement las.

— Vous voulez que je vous donne un montant ?

— S'il reste raisonnable, oui. Je me suis laissé dire que votre compte bancaire aurait besoin d'un petit apport.

— Que savez-vous de mon compte en banque ?

— R... rien.

Josh s'empêtra.

— Je sais seulement que vous avez vécu très largement en Europe et que ce genre de vie coûte cher. Vous ne devez plus avoir grand-chose, sinon, je ne pense pas que vous seriez rentrée aux Etats-Unis.

— Ma situation financière ne vous regarde pas, monsieur Banks. Pas plus que la raison pour laquelle je suis rentrée aux Etats-Unis.

Un bon point, se dit Josh qui tentait de garder son humour. Elle venait de cesser de l'appeler « chef ». Et à son air buté, il devinait que l'avantage était dans son camp.

— Elle pourrait me regarder, mad... Taryn. Je m'occupe déjà des intérêts de votre grand-mère. Je pourrais gérer les vôtres et vous assurer une sécurité financière.

— L'argent ne peut pas acheter le bonheur. Il faudrait qu'Olivia et vous compreniez que tout n'est pas régi uniquement par le sacro-saint dollar. Heureusement, nous sommes encore quelques-uns à le penser.

— Sans doute parce que vous n'avez jamais été dans le besoin.

Le regard narquois de la petite-fille d'Olivia s'égara sur le bureau luxueux.

— Pourquoi ? Vous, si ?

— J'ai travaillé pour gagner tout ce que vous voyez là.

— Oh ! Toutes mes félicitations. Mais si vous étiez né nanti, monsieur Banks, vous comprendriez ce que je ressens. La richesse n'est pas toujours synonyme de bonheur. Parfois, elle peut même se transformer en véritable cauchemar.

Au fil des mots, son expression s'était durcie et Josh eut le sentiment de se retrouver face à l'adolescente blessée qu'il avait aperçue un jour sur une photographie. Gêné, il s'éclaircit la gorge.

— Si l'argent ne vous intéresse pas, que voulez-vous ?

— Il y a une chose qui pourrait me faire tenir tranquille.

— Laquelle ?

Impudiques, les yeux gris de Taryn s'enfoncèrent dans les siens.

— Que vous posiez pour moi.

Josh s'étrangla.

— Que...

— Oui, acquiesça-t-elle sans cesser de le fixer. Je veux que vous posiez pour moi.

D'un geste langoureux, elle passa les bras derrière sa tête.

— Nu, évidemment.

— C'est une plaisanterie, j'espère.

— Pas du tout. Vous me demandez ce que je veux, je vous réponds.

— Mais vous avez déjà un modèle.

— Non. Mike ne correspond pas à ce que je recherche. Alors que vous...

Le regard suggestif, elle ajouta d'une voix sensuelle.

— Vous feriez un modèle merveilleux et j'ai terriblement envie de vous croquer. Métaphoriquement parlant, bien sûr.

Josh prit une profonde inspiration. Olivia avait raison. Sa petite-fille était folle.

— Ecoutez, dit-il en tentant de rester calme. Tout ceci est très amusant et je suis persuadé que vous prenez un immense plaisir à ce petit jeu, seulement...

— Ce n'est pas un jeu, c'est un marché, remarqua Taryn en se penchant pour ramasser son blouson. Un service contre un autre.

Un sourire audacieux sur les lèvres, elle se redressa puis, glissant son sac sur son épaule, marcha vers la porte d'un pas souple et félin.

— Je compte sur vous.

Un clin d'œil, un petit signe de la main, puis plus rien. Taryn Wilde s'était éclipsée aussi soudainement qu'elle était apparue. Incapable de proférer un son, Josh se renversa sur son siège. Comment cette excentrique irresponsable pouvait-elle imaginer une seule seconde qu'il poserait pour elle ? Il était prêt à beaucoup de sacrifices pour Olivia mais il y avait des limites !

Saisi d'une extrême lassitude, Josh fit pivoter son fauteuil vers les vitres et se perdit dans la contemplation de la ville qui s'étirait sous ses yeux. Mais la vision familière des longues artères bordées de palmiers immobiles ne parvint pas à l'apaiser. Il avait l'impression de nager en plein délire. L'ennui, c'était que céder à ce chantage stupide était peut-être le seul moyen de faire tenir Taryn tranquille... Il se vit nu dans son atelier et, brusquement, la panique le saisit. Comment allait-il se sortir de ce pétrin ?

Trois jours s'étaient écoulés depuis son passage au bureau de Josh Banks et Taryn se morfondait. C'était incompréhensible mais l'évidence était là. Ce type avait éveillé en elle un torrent d'inspiration créatrice et, plus les heures passaient, plus son désir de se mettre au travail s'amplifiait. Le seul problème était qu'il ne lui avait pas donné signe de vie.

Ce matin, en se réveillant, elle avait décidé de passer à l'acte. Après une ultime hésitation, elle avait commencé par appeler le bureau de Josh, avant de réaliser que c'était samedi et qu'il ne travaillait probablement pas le week-end. Puis elle avait composé son numéro personnel. Elle arrivait au dernier chiffre quand la sonnerie de l'Interphone résonna dans le hall. Reposant aussitôt le combiné, Taryn se précipita.

— Oui ? Qui est là ?

Une réponse indistincte lui parvint mais, persuadée qu'il s'agissait de Josh, elle ouvrit sans renouveler sa question. Puis, fébrile, elle sortit sur le palier et attendit. Sa déception fut à la mesure de sa surprise. Vêtu de blanc de la tête aux pieds et les bras chargés de valises, Bertrand-Remy Ducharme surgit du monte-charge comme un diable d'une boîte.

— Ma chérie ! s'écria-t-il.

Lâchant ses bagages qui s'écrasèrent sur le ciment dans un bruit mat, Bertrand-Remy repoussa la longue mèche qui tombait sur son front et se précipita pour la prendre dans ses bras.

— Berti est venu t'arracher à la déprime.

Avec un enthousiasme débordant, il souleva Taryn et la fit tournoyer dans les airs. Il la serrait tellement fort qu'elle arrivait à peine à respirer.

— Berti... qu'est-ce... qu'est-ce que tu fais ici ?

— Ce que je fais ici ?

Il la reposa par terre et déclama avec grandiloquence.

— Depuis que tu es partie, je me sentais comme un petit oiseau tombé du nid, si stupide, si désemparé ! Alors, je n'ai pas pu me retenir !

La jeune femme sentit fondre sur elle le poids du découragement. Depuis que Margaux l'avait présentée à Berti, deux ans plus tôt à Monaco, le Français s'obstinait à jouer les amoureux transis, et ce malgré l'indifférence qu'elle n'avait jamais cessé de lui opposer.

41

— Tu es heureuse de me voir, n'est-ce pas? renché-
rit-il avec un sourire qui se voulait irrésistible.

Infiniment lasse, tout à coup, Taryn hocha lentement la
tête. Bertrand-Remy Ducharme avait été l'un des
membres éminents de son cercle d'amis en Europe. Coureur automobile lancé dans la compétition grâce à la for-
tune de parents terriblement indulgents, il jouait avec
délectation son rôle de play-boy vaniteux, égoïste, buté et
séduisant.

Pourtant, au-delà de l'agacement qu'il inspirait, Taryn
ne pouvait s'empêcher d'éprouver pour Berti une tendresse émue. Il avait été pour elle un compagnon agréable
et dévoué, toujours prêt à lui remonter le moral
lorsqu'elle en avait eu besoin. Mais de là à rêver de le
voir resurgir dans sa vie, il y avait un pas qu'elle ne franchissait pas! Elle aurait pourtant dû s'en douter. En parfait enfant gâté, le Français la considérait comme un jouet
inaccessible, d'autant plus désirable qu'elle s'obstinait à
garder ses distances.

— Si tu es venu de France pour me chercher, alors
effectivement, tu es stupide, répondit-elle en reprenant le
mot de Berti. Parce qu'il n'est pas question que je reparte.

— Oh, Tara, ne sois pas méchante avec ton petit français préféré.

Berti saisit ses mains avec ferveur.

— Je suis venu te dire que tu avais raison, que j'ai la
plus grande tête de cochon que la terre ait jamais portée.

— Je n'ai jamais dit que tu avais une tête de cochon,
Berti. J'ai seulement dit que tu étais têtu.

— Oui, ça aussi, je te l'accorde.

Couvrant les paumes de la jeune femme de baisers
enfiévrés, Bertrand-Remy Ducharme releva vers elle un
regard de chien battu.

— Tu vas tout de même laisser entrer ton petit Berti,
ou va-t-il falloir qu'il se jette à tes pieds?

Epuisée et vaincue d'avance, Taryn recula pour le laisser passer.

— Entre.

En un éclair, Berti ramassa ses valises et se rua à l'intérieur du loft. Moins de dix secondes plus tard, il était affalé sur le canapé et contemplait la pièce avec un regard de propriétaire.

— Quel bonheur d'être ici ! J'adore tellement cette ville. Tu sais qui j'ai vu en venant de l'aéroport ?

Anéantie, Taryn secoua la tête.

— Non.

— Terminator ! Le vrai.

— Ah.

Elle s'assit devant Berti sur une petite table de verre.

— Et à part ça ?

— A part ça ?

Le Français fronça le nez.

— Berti attend que son bébé vienne lui faire un gros bisou.

— Berti.

— Oui ?

— Je peux savoir où tu comptes t'installer ?

— Mais... ici. Chez toi.

— J'ai du travail par-dessus la tête, Berti, et... je ne vais pas avoir le temps de m'occuper de toi. Tu ferais mieux de t'installer à l'hôtel.

— Oh, mais je serai aussi discret et invisible qu'une petite souris. Tu ne sauras même pas que je suis là.

Si Berti avait pris sa décision, Taryn savait que rien ni personne ne pourraient le faire changer d'avis.

— Bertrand...

— Arrête de m'appeler comme ça, on dirait que tu me détestes.

Un tremblement nerveux parcourut la jeune femme.

— Je t'accorde trois jours, c'est compris ? Trois jours et pas une seconde de plus. Tu dormiras dans la chambre d'ami, ensuite...

Elle se leva, lui décochant son plus joli sourire.

— Pfuit... du balai !

Bertrand-Remy appartenait au passé et plus vite elle se débarrasserait de lui, plus vite elle se sentirait d'attaque pour se consacrer à sa peinture. Le seul problème était que Berti prenait rarement un refus pour une réponse.

— Nous n'en sommes pas encore là, chérie, et pour le moment, j'ai une faim de loup. Qu'as-tu à me proposer ?

— Rien. Mon frigo est vide.

Elle se tut et ajouta avec froideur.

— Je n'attendais pas d'invité.

— Aucune importance.

Nullement troublé par la réplique accusatrice de Taryn, Berti se leva avec entrain.

— Nous allons bien trouver quelque chose. Tu sais ce qui me ferait plaisir ? Un bon hot dog ou un taco. Et pour le dessert, une tarte aux pommes.

Emportée par la tornade Bertrand-Remy Ducharme, la jeune femme fut incapable de se dérober et, un quart d'heure plus tard, elle se retrouvait dans une célèbre épicerie fine de Bervely Hills en train de remplir un Caddie. Ils terminaient leurs courses — en fait des tacos et une montagne de hot dogs, de quoi nourrir un régiment ! — quand une silhouette attira son attention dans la travée voisine. Un photographe bardé d'appareils regardait dans leur direction et elle rentra instinctivement la tête dans les épaules.

— Dépêche-toi, Berti.

— Pourquoi ?

Comme elle hâtait le pas, le Français lui décocha un coup de coude dans les côtes.

— Tara... quelqu'un veut nous photographier. Souris.

— Berti...

Au même instant, le photographe surgit et l'éclair blafard d'un flash les aveugla.

— Taryn ! lança l'homme en les mitraillant. C'est ton nouveau petit ami ? Comment s'appelle-t-il ?

44

— Qu'est-ce que c'est que ce plouc? marmonna Berti avec un sourire crispé. Il ne sait pas qui je suis?

— Fichez-nous la paix! cria Taryn.

En une seconde, la boutique à l'atmosphère feutrée se transforma en champ de bataille. Sans comprendre ce qui lui arrivait, le photographe se retrouva par terre, un cageot de salades sur la poitrine. Avec une célérité imparable, Taryn se jeta sur lui, lui arracha son appareil et retira la pellicule qu'elle jeta dans une sauce au roquefort. Un instant plus tard, le flash et le boîtier connaissaient un même sort en terminant leur course dans une salade de champignons. La police arriva juste à temps pour voir Taryn asséner à sa victime un coup de sac à main en pleine figure.

Le dénouement fut rapide. Sous le regard réprobateur de la clientèle et des employés de Fair Food, sous les insultes du photogaphe, Taryn et Berti furent emmenés sans ménagement à l'arrière d'une voiture de police garée sur le parking du magasin.

— Venir jusqu'ici pour être envoyé dans un pénitencier avec des bagnards, gémit Berti. C'est horrible... je ne le supporterai pas.

— Bertrand, nous n'allons pas finir dans un pénitencier. Tu as vu trop de films de l'inspecteur Harry.

— Tu crois que nous allons le voir? Oh, si seulement c'était vrai! J'adore ses films et ce... cet énorme revolver qu'il promène partout...

— Arrête de raconter des âneries, s'il te plaît.

Découragée, Taryn se détourna et ferma les yeux. Malgré toutes ses résolutions, elle venait encore de céder à ses maudites impulsions. Comment s'y prenait-elle, alors qu'elle s'était juré de ne plus répondre à la provocation? Sa décision était bien antérieure à l'injonction d'Olivia et de son crétin de conseiller. Elle datait du jour où elle avait pensé, sérieusement, se consacrer à sa peinture. Et elle y était presque parvenue. Hormis une photo parue dans l'*Inquisitor*, la presse n'avait pas parlé d'elle depuis son retour. La gorge nouée, elle réprima un sanglot. Pour rien au monde, elle ne voulait revivre ce qu'elle avait connu en Europe. Aujourd'hui, elle voulait que les gens la reconnaissent pour son travail et non pour ses frasques.

Un bruit de portière lui fit rouvrir les yeux.

— Alors ? demanda Berti avec angoisse au policier qui se glissait au volant.

— Le magasin accepte de prendre à sa charge la remise en état des rayons et le photographe s'engage à ne pas porter plainte à une condition.

— Laquelle ?

— Que vous lui accordiez une interview pour son journal, dit-il en regardant Taryn. Il travaille pour l'*Inquisitor*.

Elle crut voir sur ses lèvres un petit sourire d'excuse.

— Tout dépend de vous, mademoiselle Wilde. La liberté ou le poste.

— Et Bertrand ?

— M. Ducharme est libre. La victime n'a pas souhaité le poursuivre.

— Oh, quel soulagement, soupira Berti. Quand je pense...

— Et si je décide de refuser l'offre, l'interrompit Taryn. Que se passera-t-il ?

— Nous vous incarcérons pour voie de fait et dommages causés avec intention de nuire. Et vous devrez payer une caution pour sortir.

— Combien ?

— Vingt-cinq mille dollars.

Avec une grimace, elle se renversa sur la banquette. Le choix était charmant. Un nouvel article scandaleux ou une caution de vingt-cinq mille dollars !

— Je pense que je vais vous suivre au poste, sergent, dit-elle après dix secondes de réflexion. Je n'ai pas l'intention de confier un seul mot à un journaliste qui travaille pour ce torchon.

Le policier acquiesça d'un sourire.

— Voulez vous que M. Ducharme ramène votre véhicule ?

— Oh, non ! Surtout pas.

— Comment ça, surtout pas ! s'offusqua Berti. Aurais-tu oublié que j'étais un as du volant...

— S'il te plaît.

— Oh, la, la !

Avec un soupir agacé, Berti se cala contre la portière et Taryn l'abandonna sans regret à sa bouderie. Si elle avait de la chance — et elle espérait pour une fois en avoir — le scandale qui venait d'avoir lieu ne serait pas exposé dans la presse pour cause d'absence de photo. Mais pour le moment, le plus urgent était de trouver le moyen de sortir de là sans faire de vagues. Demander de l'aide à Margaux était hors de question. Pour rien au monde, elle ne voulait mêler la directrice de la Galerie Talbot à cette affaire. Berti n'avait pas un dollar en poche, seulement une carte American Express que la police n'accepterait probablement pas. Quant à son compte personnel, il était presque à sec.

L'idée, lumineuse, lui apparut après une heure passée dans une cellule du commissariat de Berverly Hills.

Comment n'y avait-elle pas pensé plus tôt ? Il suffisait d'appeler Josh Banks. Il serait furieux mais prêt à tout pour étouffer le scandale.

Ensuite, il n'aurait plus qu'à accepter de poser pour elle.

Assise sur le lit de sa cellule, Taryn ruminait des pensées noires. Cela faisait maintenant trois heures qu'elle avait appelé Josh. Elle était tombée sur son répondeur auquel elle avait laissé un message clair et précis. Seulement M. Banks n'avait toujours pas pris la peine de se manifester !

Et elle qui avait cru à sa venue immédiate... Naïvement, elle s'était imaginé qu'il allait se précipiter pour payer sa caution, qu'elle se montrerait désolée et promettrait de se tenir tranquille — à condition, bien sûr, qu'il veuille poser pour elle. Et le tour aurait été joué.

Utopie !

Folle de rage, Taryn se leva et arpenta la minuscule cellule. Qu'était-il en train de faire ? Regarder un match à la télévision, bien confortablement installé au creux de son canapé en se réjouissant de ce qui lui était arrivé ? Peut-être même avait-il déjà contacté Olivia pour lui annoncer la bonne nouvelle. Et qui sait s'ils n'étaient pas en train de sabler le champagne en décidant de la laisser croupir en prison ? Au moins, là, elle ne pourrait plus leur causer de soucis ! Les nerfs en boule, elle se laissa retomber sur le lit qui l'accueillit dans un grincement sinistre.

Et cet imbécile de Berti qui ne lui était d'aucun secours. Après une visite en règle du poste de police, il avait pleuré jusqu'à ce que l'on prenne sa photo et ses empreintes... en souvenir! Saisie d'une envie de meurtre, Taryn lui avait donné les coordonnées de Josh et toute la monnaie qu'elle avait pu récupérer au fond de son sac, en l'implorant d'essayer de le joindre toutes les minutes. Seulement, la dernière fois qu'elle l'avait aperçu, il s'apprêtait à descendre au sous-sol visiter la salle de tir et elle le soupçonnait fortement d'avoir dépensé son argent dans des barres de céréales.

Dépitée, la jeune femme ramena ses genoux contre sa poitrine et enfouit son visage dans les plis de sa longue robe. Qu'allait-elle devenir? Alors que le désespoir la gagnait, un bruit de pas lui fit lever la tête. La première chose qu'elle aperçut à travers les barreaux fut une paire de chaussures noires, irréprochablement cirées. Puis un pantalon gris, finement coupé, assorti à une veste impeccable, la tache rouge sombre d'une cravate de soie et... elle retint un cri de joie. Josh Banks! Il était venu. En retard, mais il était là.

En un éclair, elle sut se composer une nouvelle expression, nonchalante et moqueuse.

— Vous êtes venu voir votre prisonnière préférée?

Impassible, il la fixa et Taryn se fit la réflexion que ses yeux étaient superbes. Ourlés de cils longs et drus, ils semblaient être le seul passage vers son âme. Dommage qu'il les cache derrière ces affreuses lunettes d'écaille...

— Je me doute que vous devez vous réjouir de me voir enfermée mais ce n'était pas la peine de vous habiller aussi bien pour fêter l'événement.

— Je ne comptais pas venir ici, répondit Josh, glacial. J'allais à un mariage.

— Oh... pas le vôtre, j'espère.

La repartie mutine de Taryn le laissa de marbre. Il redressa la tête et, brusquement, il lui parut immense. Ses épaules larges, soulignées par sa veste gris perle à la coupe parfaite, masquaient le mur blanc du couloir.

— Auriez-vous l'amabilité de m'expliquer ce que vous faites ici?

50

— On ne vous l'a pas dit ?

— Si. Mais j'aimerais l'entendre de votre bouche.

Les yeux au ciel, Taryn eut une moue agacée.

— C'est un stupide malentendu. Je faisais tranquillement des courses quand ce maudit photographe m'est tombé dessus. Je n'ai fait que protéger ma vie privée.

— Il me semble que je vous avais demandé d'éviter ce genre de situation scabreuse. Avez-vous la moindre idée de la façon dont la presse va traiter cette histoire ?

Sous le regard accusateur de Josh, Taryn eut l'impression de se trouver projetée dix années en arrière, face à la directrice de cette horrible pension suisse où elle avait dû séjourner pendant deux longues années. Elle se leva d'un bond.

— Qu'est-ce qui vous inquiète le plus ? Ce qui pourrait m'arriver ou les problèmes que risque de rencontrer Olivia ?

— Toute publicité négative concernant la famille Wilde portera préjudice à votre grand-mère. Et vous le savez pertinemment.

— Il n'y a donc qu'Olivia qui vous intéresse ?

Il hésita et la jeune femme crut voir une ombre d'humanité passer dans son regard de jais.

— Je suis très ennuyé pour vous. Ne me faites pas dire ce que je n'ai pas dit.

Elle essayait de déchiffrer son expression. Etait-il sincère ? Jusqu'ici, personne ne s'était jamais préoccupé de son bien-être. Pour ses parents, elle avait été un dérangement, pour sa grand-mère, un fardeau, et la plupart de ses amis ne s'étaient intéressés qu'à sa célébrité.

— Vous ne vous moquez pas de ce qui peut m'arriver ? demanda-t-elle en éprouvant brusquement le besoin d'une confirmation.

— Bien sûr que non. Le problème est que personne ne saura jamais que cette affaire n'est en fait qu'un stupide malentendu. Ils ne se souviendront que du côté négatif de l'histoire. Les votants de l'Académie sont très impressionnables et...

Un mépris froid déchira le regard de Taryn. Elle s'était fourvoyée. Josh Banks était exactement comme les autres. Un défi dans les yeux, elle lui coupa la parole.

— Et notre marché ?

— Quel marché ?

— Vous avez la mémoire courte. Rappelez-vous, j'avais accepté de me tenir tranquille à une seule condition, que vous posiez pour moi.

Josh se troubla et elle comprit qu'elle venait de marquer un point.

— Ce... c'est ridicule. Vous n'étiez pas sérieuse ?

— Bien sûr que si. Et dites-vous même que toute cette affaire aurait pu être évitée si vous étiez passé chez moi. En ce moment, je serais en plein travail au lieu de moisir dans cette cellule.

— Ecoutez...

Il se passa nerveusement une main dans les cheveux. Des cheveux bruns, semés d'infimes fils argentés sur les tempes.

— Il est hors de question que je vous serve de modèle. Vous feriez mieux de vous ôter tout de suite cette idée de la tête.

— Dommage... surtout pour Olivia.

Taryn soupira tristement.

— Il va falloir que je me familiarise avec ces murs. A mon avis, je risque d'y refaire très rapidement un tour.

De l'autre côté des barreaux, Josh commençait à donner des signes d'impatience. Il rétorqua d'un ton menaçant.

— Vous pourriez aussi y rester. Un séjour prolongé en prison vous ferait le plus grand bien.

— Ce n'est pas la première fois que je m'y retrouve et, au risque de vous décevoir, cela ne m'a jamais remise dans le droit chemin.

— Ça suffit maintenant. Si je paye votre caution, vous me promettez de vous tenir tranquille ?

— Peut-être...

— Ne bougez pas.

Narquoise, Taryn lui murmura.

— Où voulez-vous que j'aille ?

— Je n'en sais rien mais je me méfie. Je me rappelle l'agression d'un policier qui a fait la une de la presse italienne...

La jeune femme se rebiffa aussitôt.

— Ce n'était pas ma faute ! Je n'ai jamais eu l'intention de le frapper. J'avais emprunté une robe magnifique à un ami styliste et cet imbécile de Roberto n'a rien trouvé de mieux à faire que de renverser son verre de vin rouge sur mon corsage. Je... cet incident a été déformé et amplifié. Voilà tout.

— Et je suis certain que celui-ci le sera également, au grand dam de votre pauvre grand-mère...

— Ecoutez-moi bien, chef ! le coupa-t-elle en agrippant les barreaux. J'en ai par-dessus la tête de vos sermons. Alors, soit vous payez ma caution, soit vous me laissez ici, mais vous cessez de me parler de ma grand-mère !

Le visage impassible, Josh lui répondit par un haussement d'épaules et tourna les talons. Une demi-heure plus tard, il n'était toujours pas revenu et Taryn se demanda avec inquiétude si elle avait été adroite. Peut-être avait-il finalement décidé de la laisser en prison... elle sentait la panique l'envahir quand il réapparut en compagnie d'une femme en uniforme. Presque aussi grande que Josh, le sergent J. Knowles — Taryn put lire son nom sur son insigne — était plantureuse et joviale. Ouvrant la porte de la cellule, elle fit signe à Taryn de sortir.

— Vous êtes libre, mademoiselle Wilde. M. Banks a payé votre caution et M. Ducharme vous attend à l'entrée.

Se penchant légèrement, elle ajouta avec un petit sourire.

— Nous étions sur le point de vous libérer sans caution, uniquement pour nous débarrasser de votre ami.

— Je suis désolée, dit Taryn. Il est parfois insupportable.

— C'est le moins que l'on puisse dire.

Le sergent Knowles gloussa.

— Mais c'est un casse-pieds tout à fait séduisant.

A voir son expression, Taryn devina que Berti avait dû lui faire son numéro habituel de séducteur français et le maudit pour son inconséquence. Au lieu de jouer les Roméo, il aurait mieux valu qu'il se soucie d'elle !

Comme le lui avait annoncé le sergent, il l'attendait dans le hall et se précipita dès qu'il la vit.

— Ma pauvre chérie, quel cauchemar ! Comment te sens-tu ?

Fébrile, il se mit à la toucher comme s'il voulait s'assurer qu'elle était encore entière. Taryn le repoussa avec agacement.

— Ça va. Je te remercie.

— Tu m'as fait tellement peur.

Il soupira puis, retrouvant son sourire, sortit de sa poche une série de photos noir et blanc qui le représentaient de profil devant un mur blanc.

— Regarde, chuchota-t-il avec excitation. Les clichés de la maison. Ils ne sont pas mal, non ?

Du coin de l'œil, Taryn aperçut Josh. Il se tenait en retrait et observait la scène.

— Je suis beau, n'est-ce pas ? reprit Berti. Et tu ne trouves pas que j'ai l'air terriblement dangereux ?

Coupant court aux propos extasiés du Français, la jeune femme prit son bras.

— Viens, dit-elle. Josh va nous ramener à la maison. Je meurs d'envie de prendre un bain chaud.

Berti s'arrêta aussitôt.

— Josh? Je peux savoir qui est ce garçon?

— Moi.

Ils se retournèrent et virent Josh qui les regardait, le doigt en l'air.

— C'est le conseiller financier de ma grand-mère, Berti. Josh, je vous présente un ami, Bertrand-Remy Ducharme.

Glissant possessivement un bras autour de la taille de Taryn, Berti planta sur Josh un regard chargé d'animosité. Puis, après avoir visiblement décidé qu'il n'avait pas affaire à un rival, il lui tendit le bout des doigts.

— Ravi de vous connaître.

— Tout le plaisir est pour moi, Berthe.

La facon dont Josh venait d'écorcher le nom de Berti faillit provoquer le fou rire de Taryn. Avait-il mal compris ou le faisait-il exprès? Il ne semblait pourtant pas du genre provocateur. Mais il avait tapé dans le mille.

— Bertrand, le corrigea le Français d'un ton pincé. B.E.R.T.R.A.N.D. Berti pour les intimes. Pour vous, ce sera Bertrand-Remy Ducharme.

Berti regarda Josh, attendant de sa part une manifestation admirative. Comme rien ne venait, il s'étonna.

— Vous ne me reconnaissez pas?

— Non. Pourquoi? Je devrais?

Cette fois, Berti lâcha un juron en français.

— Personne n'a jamais entendu parler des Grands Prix de Formule 1 dans ce pays? Je m'appelle Bertrand-Remy Ducharme, répéta-t-il.

Josh le dévisageait, ébahi.

— Oui, j'ai bien compris. Et vous êtes un ami de Taryn.

Cette fois, c'en était trop pour ce pauvre Berti qui, blessé dans son amour-propre, se redressa d'un air outré.

— Pas seulement un ami. Je suis aussi son... amant!

Alors qu'elle ouvrait la bouche pour réfuter l'affirmation lâchée avec grandiloquence, Taryn croisa le regard de Josh. Le mensonge du Français n'avait provoqué chez lui aucune réaction et un profond sentiment de frustration s'empara de la jeune femme. Puis elle se raisonna. Qu'avait-elle espéré ? L'étonnement ? La colère ? La réaction d'un homme jaloux ? Mais ils se connaissaient à peine et le moins que l'on pouvait dire, c'était que leurs relations n'avaient pas démarré sur de bonnes bases. Pourquoi, dans ce cas, se préoccupait-elle de ce que Josh pouvait penser ?

— Berti n'est pas mon amant, précisa-t-elle néanmoins.

— Pas encore, chérie, pas encore...

Elle le foudroya du regard. Puis elle acheva avec un petit sourire.

— C'est simplement un ami.

— Je ne vous demande rien. Vos fréquentations ne m'intéressent pas. Maintenant, si vous voulez bien récupérer vos affaires, j'aimerais vous ramener, vous et votre... ami. Parce que, au cas où vous l'auriez oublié, je suis invité à un mariage.

Taryn serra les poings et retint une riposte cinglante. Comment avait-elle pu croire un seul instant que ce malappris se préoccupait d'elle ? Son seul but était de contrôler sa conduite et de satisfaire sa grand-mère. Et il était comme elle, dominateur et exigeant. La tête haute, elle le dépassa et jeta par-dessus son épaule.

— Dépêchez-vous, chef ! Je ne voudrais pas abuser davantage de votre précieux temps.

Derrière elle, Berti surenchérit.

— Oui, et plus vite que ça, chef !

Sur le trajet du retour, Taryn et Josh n'échangèrent pas un mot. Même s'ils l'avaient voulu, ils auraient eu du mal. Avec une verve intarissable, Berti leur racontait son après-midi au poste de police de Beverly Hills. De temps à autre, Josh risquait un coup d'œil vers Taryn mais celle-ci restait prostrée dans un silence buté. Et pour la première fois, il comprenait l'agressivité de ses réactions.

Dès son apparition sur le perron du poste, trois photographes s'étaient précipités sur elle, jouant des coudes pour réussir *la* photo de Taryn Wilde sortant du commissariat de Beverly Hills. Assaillie de questions, la jeune femme s'était bouché les oreilles tandis que Josh, la protégeant des appareils, l'avait poussée jusqu'à sa voiture. Derrière eux, Berti avait répondu à cette bande de vautours par des sourires ravis.

Avec perplexité, Josh observa le Français dans son rétroviseur. Totalement indifférent à leur silence, il continuait de pérorer, repoussant inlassablement la mèche qui tombait avec une régularité de métronome sur son œil gauche. Comment Taryn pouvait-elle supporter cet imbécile prétentieux ?

Les doigts crispés sur le volant, Josh reporta son attention sur la route. Près de lui, Taryn était aussi immobile qu'une statue. Il la revit sur les marches du commissariat, désemparée comme une enfant. Si elle avait été seule, l'inévitable se serait produit et demain un nouveau cliché aurait fait les choux gras de la presse à scandale. Elle lui avait alors paru si faible et sans défense. Si différente de la Taryn Wilde triomphante dépeinte dans les journaux.

— Oh, mon Dieu...

Ils venaient d'arriver devant chez elle et la jeune femme se recroquevilla sur son siège. Surpris, Josh suivit son regard affolé et comprit. Une poignée de photographes discutait sur le trottoir.

— Comment ont-ils pu savoir où j'habitais ?

— Ne vous inquiétez pas.

Dans un réflexe immédiat, Josh donna un coup de volant et fit demi-tour dans un crissement de pneu.

— Je ne pense pas qu'ils nous aient vus.

— Mais s'ils ne me voient pas, c'est encore pis. Ils vont s'installer! Revenez, je vous en prie. Ils prendront leurs photos et après ils me ficheront la paix.

— Il n'en est pas question. Ils n'ont pas le droit de s'immiscer dans votre vie.

Elle eut un petit rire triste.

— C'est ce que vous croyez.

— Oui. Et je sais que j'ai raison. Nous reviendrons plus tard.

— Et s'ils sont toujours là?

— Nous forcerons le barrage.

Sous sa lourde frange blonde, les yeux gris-bleu de Taryn se firent interrogateurs.

— Pourquoi faites-vous cela?

Pourquoi? Josh ne le savait pas lui-même. Si ce n'est qu'il venait de se rendre compte qu'il avait envie de la protéger et de passer, encore, un peu de temps avec elle. Pendant une seconde, il fut tenté de lui avouer ce qui le poussait à ce comportement chevaleresque, puis la sagesse l'en dissuada et il se contenta de répondre :

— Pour ne plus voir votre photo dans les journaux.

— Simplement pour ça?

— Oui.

— C'est dommage.

La voix claire de Taryn révélait une légère déception.

— Pendant un moment, j'ai cru à un geste noble de votre part.

Le silence retomba et Josh multiplia les efforts pour oublier ce que lui avait dit Taryn. Pourquoi lui mentait-il? Il avait toujours eu horreur de la duperie. Mais comment lui avouer une vérité aussi absurde? Lui confier qu'elle le troublait? Le souvenir de sa proposition absurde mais émoustillante lui revint à la mémoire et il se répéta qu'elle était folle. Comme s'il allait poser pour elle! Le pire, c'était qu'elle semblait sérieuse. Alors, malgré lui, Josh se laissa emporter par son imagination. Il se vit, se déshabillant derrière le paravent chinois, puis son esprit vagabonda et l'emporta, loin, beaucoup plus loin, sur des chemins interdits où Taryn le provoquait, l'entraînant avec elle dans un tourbillon de passion.

— Chef...

A regret, Josh s'arracha à son rêve. Un rêve trop doux et trop dangereux.

— Oui ?

— Si j'accepte que vous gardiez vos vêtements ? Enfin... si je ne vous demandais pas de vous déshabiller entièrement, vous seriez d'accord pour poser pour moi ?

Surpris, Josh lui jeta un regard en coin. Pourquoi lui reparlait-elle de ce marché stupide à cet instant précis ? Avait-elle lu dans ses pensées ?

— C'est-à-dire ? demanda-t-il avec méfiance.

— Je ne sais pas. Ce sera à négocier.

— Et si j'accepte, vous me promettrez de rester tranquille jusqu'à la cérémonie des oscars ?

— Ma docilité dépendra directement de ce que vous déciderez d'ôter pendant nos séances de travail, répondit Taryn avec une moue mutine.

Et la voilà qui recommençait ! Josh étouffa un juron. Elle était folle à lier et pourtant... aussi absurde que cela lui parût, il avait envie d'accepter. Depuis que Taryn avait lancé cette idée incongrue, il l'avait retournée mille fois dans sa tête. Et chaque fois, le même fantasme était réapparu. Il avait rêvé de son corps souple, de ses longs cheveux dorés, s'interrogeant sur l'intensité du plaisir qu'il éprouverait s'il la prenait dans ses bras.

— Où allons-nous ?

Emporté par un torrent d'émotions fébriles, il eut du mal à redescendre sur terre.

— Ch... chez moi. Je vais vous commander à dîner et vous m'attendrez, le temps que je fasse une apparition à ce mariage.

— Qui sont les heureux mariés ?

— Des amis.

Le silence retomba puis, brusquement, Taryn se redressa. Un sourire radieux éclairait son visage et Josh se fit la réflexion qu'il adorait la voir sourire, que c'était comme un feu d'artifice, éblouissant...

La proposition qui suivit brisa net son enthousiasme.

— Et si vous nous emmeniez? Je vous jure que je me tiendrai bien.

— Quoi?

Elle joignit les mains dans un geste de prière.

— Dites oui, je vous en prie. Ça fait des jours que je ne suis pas sortie de chez moi. J'aimerais tellement aller à une fête.

— Ce n'est pas une fête. C'est un mariage.

— Raison de plus. Ce serait tellement amusant. Et puis c'est l'occasion de vous prouver que je suis capable de me tenir correctement.

— Mais...

Affolé, Josh se sentait faiblir.

— C'est impossible. De toute façon, vous n'êtes pas habillée pour une cérémonie.

— Pourquoi? Ma tenue ne vous plaît pas?

Taryn le regarda d'un air déçu et il resta muet, incapable de répondre. Elle portait une robe jaune froissée avec des manches larges et un petit décolleté carré. Une écharpe de couleurs vives, rouge et orange, retombait sur ses épaules et un chapeau de paille informe, parsemé de grosses fleurs artificielles, oscillait au gré des mouvements de sa tête. Décidément, avec son blouson de cuir noir, qu'elle gardait pour l'instant sur les genoux, sa robe de hippie des années soixante-huit, et ses chaussures à semelles compensées, Taryn affichait un goût vestimentaire des plus éclectiques, mais indéniablement douteux. Pourtant Josh devait reconnaître que, même dans cette extravagante tenue, elle était ravissante.

— Elle ne vous plaît pas? répéta-t-elle d'une petite voix désarmante.

Non... si! Josh était au supplice. La raison lui soufflait de refuser mais il sentait son bon sens l'abandonner. Juste au moment où il en avait le plus besoin. Etait-ce le sourire de Taryn? Son charme irrésistible? Alors qu'il priait le ciel de lui venir en aide, il s'entendit répondre.

— D'accord. Mais au moindre problème...

— Oh, merci! Merci!

Elle se mit à rire, d'un rire limpide et délicieux qui emplit l'habitacle.

— Il n'y aura pas de problème, je vous le jure. N'est-ce pas, Berti?

Sur la banquette arrière, le Français grommela un vague assentiment. Visiblement, la perspective de sortir avec Josh ne le réjouissait guère mais cela ne concernait pas Taryn. Les mains sagement posées sur son chapeau de paille, elle se cala contre son siège et se mit à chantonner gaiement. La fatigue qui marquait encore ses traits quelques instants plus tôt semblait s'être envolée.

Elle était radieuse et Josh se dit qu'il n'avait jamais vu une femme aussi changeante. En une heure, elle était passée de la colère à l'abattement, puis à la joie. Que lui réservait-elle, maintenant? Tandis qu'ils roulaient vers Laurel Canyon Boulevard, lieu où devait se dérouler la soirée, il essaya de se persuader que ce n'étaient pas des ennuis. Mais il avait beau faire, il ne pouvait s'empêcher de douter de la capacité de Taryn à se contrôler.

— Finalement, vous êtes un type plutôt sympathique.

Il marmonna un vague merci. Elle l'avait fait céder et le mal était fait. Lorsqu'ils arrivèrent chez Caroline, la fête battait son plein et le sentiment d'appréhension de Josh se mua en véritable angoisse. Pour commencer — et cette première épreuve lui paraissait déjà insurmontable —, comment allait-il expliquer la présence de Berti et Taryn? Le carton d'invitation mentionnait qu'il pouvait venir accompagné mais de là à débarquer avec une célébrité fantasque et un idiot de français qui se prenait pour un coureur de génie!

Avec inquiétude, il fit le tour de l'assemblée et aperçut les jeunes mariés. Vêtue d'une ravissante robe de dentelle blanche au charme désuet, Caroline tenait son tout nouveau mari par la taille. Les rires des invités se mêlaient au brouhaha des conversations. Devant les fenêtres ouvertes, un pianiste interprétait une ballade romantique tandis que, dehors, quelques couples virevoltaient sur la piste de danse aménagée sur la terrasse. Des bouquets de fleurs blanches étaient disposés avec art sur les meubles, embaumant le salon d'un délicieux parfum fruité. L'atmosphère était légère, joyeuse, aux antipodes de l'humeur de Josh.

A son grand étonnement — et à son soulagement —, le silence ne s'abattit pas sur la pièce. Les appareils photo ne crépitèrent pas et les invités ne chuchotèrent pas en les dévisageant.

— S'ils n'ont pas de caviar, murmura Berti derrière son dos, je fiche le camp.

Josh le fusilla du regard.

— Vous, on ne vous a rien demandé.

— Tiens-toi convenablement, Berti, souffla Taryn.

Elle adressa à Josh un sourire lumineux.

— Ne vous inquiétez pas.

— Josh !

Ils se retournèrent et virent les jeunes mariés qui traversaient la pièce.

— Où étais-tu passé ? demanda Caroline en s'arrêtant devant Josh.

Elle se hissa sur la pointe des pieds et l'embrassa.

— Tout le monde commençait à s'inquiéter.

Avec un sourire accueillant, elle se tourna vers Taryn.

— Bonjour..., vous êtes une amie de Josh ?

— O... oui.

Taryn quêta le regard de Josh qui répondit en toussotant.

— Je... je voudrais vous présenter Taryn Wilde.

Taryn, voici mon ami Tru Hallihan et sa jeune femme, le Dr Caroline Leighton... Hallihan, rectifia-t-il avec un rire nerveux.

Il s'était attendu à des exclamations de surprise, des regards étonnés, mais rien ne se produisit. Naturelle et chaleureuse, Caroline tendit la main à Taryn.

— C'est un véritable plaisir de vous rencontrer. Je suis ravie que vous puissiez vous joindre à nous.

— Josh m'a invitée à la dernière minute. Je suis désolée de ne pas être habillée pour la circonstance et de vous imposer ma présence.

— Ne soyez pas ridicule, la rassura Tru. Les amies de Josh sont toujours les bienvenues. Surtout quand elles sont ravissantes.

Il s'inclina avec galanterie puis se tourna vers Ducharme.

— Tru Hallihan, dit-il. Enchanté.

Se rendant compte de son impolitesse, Josh dut se résoudre à présenter Berti.

— Un ami de Taryn. Bert...

— Bertrand-Remy Ducharme, le coupa aussitôt Berti en tendant une main parfaitement, et ignoblement, manucurée.

— Bertrand-Remy Ducharme ? Le pilote de Formule 1 ?

— Vous avez entendu parler de moi ?

— Bien sûr, répondit Tru.

Berti saisit sa main et la serra avec effusion.

— Quel bonheur de rencontrer enfin des gens civilisés.

Il jetait à Josh un regard assassin quand Tru le prit par le bras.

— Venez avec moi. Il y a ici beaucoup de gens qui seraient ravis de vous rencontrer.

— Et toc ! lança Berti avec un sourire venimeux à l'adresse de Josh.

Tru, qui retenait son fou rire, envoya un baiser à sa femme.

— Je reviens tout de suite. Le temps de présenter l'ami de Josh aux copains.

« Ce n'est pas mon ami », eut envie d'hurler Josh. Il tenta de se calmer en se disant que tout se passerait bien, qu'il devait profiter de la soirée, mais, près de lui, Taryn s'était mise à se balancer au rythme de la musique et effleurait sa jambe de coups de hanches suggestifs. L'irritation de Josh se mua alors en un trouble étrange et déroutant. Il aurait voulu lui demander de s'écarter, mais il en était incapable, prisonnier d'un désir qui montait irrésistiblement.

Stupéfait par la violence de sa réaction, et désireux surtout d'échapper à la vision excitante de Taryn, il se tourna vers Caroline. La jeune mariée souriait à ses invités et, en la voyant, Josh éprouva un regret brutal. Pourquoi n'avait-il pas rencontré une femme comme elle, calme, réfléchie, possédant toutes les qualités qu'il aurait aimé trouver chez sa future épouse ? Pourquoi Taryn avait-elle croisé sa route ? Et pourquoi, surtout, l'attirait-elle comme un aimant ?

Désarçonné, il laissa courir son regard sur les invités rassemblés dans la pièce et les pires scénarios défilèrent dans sa tête. Il vit Taryn briser un verre sur le photographe engagé pour le mariage, déclencher un tir nourri de pinces de crabes, danser nue devant les invités...

— Josh, pourquoi ne sers-tu pas une coupe de champagne à ton amie ?

Il sursauta.

— Une coupe...

— Oui. Le bar est juste derrière.

— Oh, oui, Josh, fit Taryn avec une pression affectueuse de la main sur son bras.

Souriant nerveusement, Josh s'écarta et s'éloigna vers le bar. Lorsqu'il revint, moins d'une minute plus tard, Caroline était seule.

— Où est Taryn? demanda-t-il en parcourant le salon d'un regard affolé.

— Là.

La jeune mariée tendit un doigt vers la terrasse. Sur l'estrade, Taryn dansait avec Garrett, sa robe jaune virevoltant au rythme d'une salsa enfiévrée. A la vue de ses jambes fines et bronzées, de son buste souple et provocant, Josh sentit sa gorge se nouer. A peine avait-il tourné le dos qu'elle s'était échappée et avec qui? Le don Juan de la soirée! Le cœur battant, il les suivit des yeux et jura entre ses lèvres. La tête renversée en arrière, Taryn riait aux paroles de Garrett. Seule la voix douce de Caroline le retint de ne pas se précipiter sur la piste.

— Depuis combien de temps sors-tu avec elle?

Josh serra les deux coupes de champagne au risque de les briser. Honteusement enlacés, Garrett et Taryn dansaient et riaient comme s'ils se connaissaient depuis des siècles.

— Depuis que j'ai passé la porte.

— Aussi longtemps?

Le rire de Caroline l'irrita.

— Oui, gronda-t-il.

— Et quand as-tu l'intention de l'épouser?

— Jamais.

Il était furieux. Surtout, il ne comprenait pas ce qui lui arrivait. Ce sentiment nouveau, envahissant. Un sentiment qui n'avait plus rien à voir avec la crainte que Taryn provoque un scandale. C'était une sensation étrange, désagréable et lancinante. Comme... non. C'était impossible. Josh rejeta de toutes ses forces cette idée. Garrett était l'un de ses meilleurs amis et Taryn n'était à ses yeux qu'un fardeau. Il ne pouvait pas être jaloux.

— Si tu ne veux pas qu'elle passe toute sa soirée avec Garrett, reprit Caroline avec humour, tu devrais peut-être l'inviter à danser.

Il ne dansait jamais mais pourquoi ne ferait-il pas une

exception ? Josh mourait d'envie de se précipiter sur la piste et d'arracher Taryn aux bras de Garrett. Il se sentait même prêt à provoquer une scène, à agir exactement de la façon dont il lui interdisait de se conduire.

— Je n'ai pas envie. Et puis ça m'est complètement égal qu'elle danse avec McCabe.

Amusée, la jeune mariée lui tapota la main.

— Bien sûr.

D'une démarche légère, elle s'éloigna, abandonnant Josh à ses pensées amères. Tout au long de la soirée, il resta à l'écart, regardant Taryn passer d'un cavalier à l'autre et boire — il les compta — six coupes de champagne !

Aux environs de minuit, les jeunes mariés mirent un terme à son calvaire en donnant le signal du départ. Entourée de Garrett et Ducharme, Bob Robinson dans son sillage, Taryn le rejoignit d'un air joyeux. C'était la première fois depuis trois heures qu'elle daignait lui accorder un regard. Les yeux brillants et les joues rouges, elle s'adressa à lui comme si elle venait à peine de le quitter.

— Vous venez avec nous ? Garrett connaît une boîte qui reste ouverte toute la nuit.

Prenant sur lui pour rester calme, Josh secoua la tête.

— Non.

— Pourquoi ?

— Parce qu'il n'est pas question d'aller danser.

— Oh, mais si vous ne voulez pas venir, ce n'est pas grave. Garrett pourra nous raccompagner, Berti et moi, n'est-ce pas Garrett ?

— O... oui, risqua McCabe.

— Non.

Saisissant la main fine de Taryn, Josh la serra sans complaisance.

— Peut-être me suis-je mal fait comprendre. *Vous* n'allez pas aller danser.

Elle voulut se dégager.

— Arrêtez, vous me faites mal.

— Dites au revoir. Je vous ramène.

Interloquée, elle écarquilla les yeux. Puis sa colère éclata.

— Pour qui vous prenez-vous ? Personne n'a le droit de me dicter ma conduite et si j'ai envie d'aller danser, j'irai !

— Non.

Pendant un instant, elle parut déstabilisée. Puis reprit de l'assurance.

— Si.

Josh comprit que discuter avec elle ne le mènerait à rien. Sans un mot, il se pencha vers elle puis, l'attrapant par la taille, il la souleva et la jeta en travers de son épaule. La réaction de Taryn fut immédiate. Et fracassante. Elle se mit à hurler et à lui marteler le dos à coups de poing rageurs.

— Espèce de malotru ! Lâchez-moi !

Imperturbable, Josh se tourna vers McCabe.

— Assure-toi que Berti rentre sain et sauf.

Garrett hocha la tête, un sourire stupéfait sur les lèvres.

— Merci.

Avec un signe de la main, Josh salua ses deux amis, ignorant ouvertement Berti, puis il tourna les talons. Sur son épaule, Taryn s'était remise à crier. Mais cette fois-ci, il était décidé à ne pas céder. Derrière lui, les rires de Bob et Garrett s'élevèrent, lui arrachant un sourire amusé. Leurs conseils péremptoires avaient fini par porter leurs fruits. Sans doute la méthode était-elle peu conventionnelle mais elle avait au moins le mérite d'être efficace.

— Ne restez pas plantés comme ça ! criait Taryn. Aidez-moi !

La voix grave de Garrett répondit :

— Désolé, je respecte la décision de Josh.

— Ravi de vous avoir rencontrée, mademoiselle Wilde ! ajouta Bob.

— Bande de lâches ! Si vous étiez des hommes, vous...

Elle poussa un cri. Josh s'était mis à courir, lui coupant la respiration.

— Que... faites... vous ? Je... ne... peux... plus... respirer.

— Vous ne pourrez plus hurler, non plus.

— Je... je vous promets... d'arrêter !

Josh ralentit son pas.

— C'est vrai ?

— O... oui. Posez... posez-moi.

Indifférent à la requête de Taryn, il poursuivit son chemin et ne la libéra qu'en arrivant à sa voiture. Là, il la laissa glisser doucement contre la portière, lui supprimant toute chance de fuite en plaquant ses deux mains sur le toit de la Volvo.

— Si vous tentez de vous échapper, je vous rattraperai, c'est compris ?

— Vous êtes un minable, vous entendez ! Une sale brute. Vous...

Taryn n'acheva pas sa phrase. Avec une soudaineté déconcertante, Josh s'était penché vers elle pour l'embrasser. Instinctivement, la jeune femme essaya de le repousser mais elle sentit son corps faiblir. Alors, sans savoir ce qui lui arrivait, elle répondit à ce baiser aussi inattendu que troublant. Ce fut le moment que choisit Josh pour s'écarter.

— Montez dans la voiture, ordonna-t-il.

Les joues en feu, Taryn tentait de reprendre son souffle.

— N... non.

— Montez. Ou c'est moi qui vous pousse.

Sa colère froide et sa détermination la stupéfiaient. Où était passé le timide conseiller de sa grand-mère ? Brusquement, elle avait la sensation que les rôles s'étaient inversés. Et pourquoi l'avait-il embrassée ? En proie aux questions les plus invraisemblables, Taryn obéit sans broncher.

— Pourquoi faites-vous cela? demanda-t-elle en se glissant dans la voiture. Je me suis parfaitement comportée, pendant cette soirée.

Muré dans un silence buté, Josh claqua sa portière.

— Vous ne voulez pas me répondre?

Où voulait-il en venir? Taryn ne comprenait rien. Elle avait été parfaite, calme et bien élevée, même après ses six coupes de champagne. Elle s'était amusée, bien sûr, mais où était le mal? Pas une fois, elle n'avait attiré l'attention. Alors pourquoi? Brusquement, elle crut comprendre et un sourire ironique releva ses lèvres.

— Ne me dites pas que vous êtes jaloux?

Il haussa les épaules et elle se mit à rire.

— C'est ça? Vous êtes fâché parce que je ne vous ai pas regardé de la soirée et que j'ai dansé avec votre charmant ami Garrett?

— Ne soyez pas ridicule.

Les traits fermés, Josh démarra et appuya sur l'accélérateur. Jamais il n'aurait dû accepter la mission d'Olivia. Taryn était pire que le diable. Et maintenant, il était pris au piège. Simplement, il serait mort plutôt que d'avouer qu'il était jaloux. Jaloux à en devenir fou. C'était hallucinant. Autant que la réaction impulsive qu'il venait d'avoir. Comment avait-il pu oublier toute retenue, se laisser ensorceler par la beauté sauvage de cette inconsciente? Une telle faiblesse était inacceptable mais depuis qu'il avait rencontré Taryn, le monde avait basculé et il ne songeait plus qu'à ses yeux bleus étincelants de colère, à ses lèvres palpitantes, et il brûlait de désir.

Dans la voiture, la jeune femme s'était rencognée contre la portière et le regardait à la dérobée, s'interrogeant. Qui était-il? La lumière pâle des lampadaires, en jouant sur les contours virils de son visage, révélait la fermeté de ses traits. Avec un soupir, elle se laissa aller doucement contre le dossier du siège. Josh était plus que séduisant et la colère lui seyait à ravir. Etait-il aussi irrésistible quand il souriait? Si cela lui arrivait, ce dont elle commençait à douter. Il semblait s'obstiner à cacher ses émotions derrière un masque immuable et impassible. Pourquoi? Il n'avait parlé qu'une seule fois de son enfance, lorsqu'elle avait évoqué le luxe de son bureau. Il lui avait alors laissé entendre qu'il avait dû batailler ferme pour arriver là où il en était. Qu'avait-il vécu? Et pourquoi semblait-il perpétuellement sur ses gardes? Renfermé sur lui-même?

Mais n'avait-elle pas été, elle aussi, renfermée et complexée? Mal à l'aise, comme chaque fois qu'elle évoquait son passé, elle se tourna vers la vitre. Les enseignes des restaurants de Sunset Boulevard défilaient devant ses yeux sans qu'elle les voie. Car elle était ailleurs. Dans l'univers de solitude de son enfance. Elle avait tant souffert. Au point de s'entourer, adulte, d'une multitude d'amis pour se rassurer et se sécuriser. Devenue sûre d'elle et de son charme, elle avait appris à manipuler les hommes sans jamais s'impliquer, nourrissant l'espoir secret de rencontrer un jour le véritable amour. En attendant, elle gardait le sien au plus profond de son cœur, terrifiée à l'idée de le donner.

Peut-être avait-elle fui l'Europe parce qu'elle était parvenue à lire au plus profond d'elle-même et qu'elle avait compris. Compris son désir d'aimer et d'être aimée. Mais pour que ce rêve devînt réalité, il fallait qu'elle mette un terme à la vie futile qu'elle menait depuis trop longtemps.

Peut-être Josh avait-il eu raison, après tout, de l'arracher à cette réception. Dans sa volonté de protéger les intérêts de sa grand-mère, il l'avait protégée elle aussi, en lui évitant de retomber dans ses anciennes habitudes devenues pour elle intolérables. Elle ne voulait plus jouer ce rôle de femme fantasque et séductrice, insouciante et fatale, qu'elle s'était choisi mais pour lequel elle n'était pas faite. Un rôle que Josh semblait déterminé à lui faire abandonner. C'était étrange mais, finalement, peut-être étaient-ils faits pour s'entendre.

Elle reconnut sa rue et se redressa. Josh ralentissait. Après s'être garé devant chez elle, il sortit et vint lui ouvrir la portière. Puis, passant un bras autour de sa taille, il la fit traverser et la raccompagna jusqu'à l'entrée de l'immeuble.

— Ouvrez, dit-il.

— Je vous remercie mais c'est inutile de monter avec moi. Je peux me débrouiller seule. Je ne suis plus une enfant.

Il haussa les sourcils et son regard perplexe réveilla la colère de Taryn.

— Vous ne me faites pas confiance? Vous croyez que je vais m'enfuir par la porte de derrière dès que vous aurez le dos tourné?

— Non...

L'irritation de la jeune femme monta d'un cran. Quand cesserait-il de la considérer comme une gamine immature et stupide? Quand cesserait-il de décider pour elle? Le regard étincelant, elle fit un pas vers lui, jusqu'à ce que leurs corps se touchent. Puis, lentement, elle leva les bras et les glissa autour de son cou.

— Je crois que vous allez devoir apprendre à me faire confiance.

Taryn se mit sur la pointe des pieds et colla sa bouche contre celle de Josh. Elle avait eu uniquement l'intention de lui rendre le baiser qu'il lui avait donné. Puis de l'abandonner. Mais dès que leurs lèvres se frôlèrent, elle perdit pied et eut envie de prolonger la caresse de cette bouche dure et humide sur la sienne. Rien qu'un instant. Avec un soupir de volupté, elle laissa les bras fermes se refermer sur elle. Mais la sagesse fut la plus forte. Consciente de devoir éteindre ce feu qui menaçait de se transformer en brasier, elle s'écarta.

Le souffle court, elle plongea son regard dans les yeux

noirs de Josh. Il n'y avait plus rien au fond de ces prunelles qui évoquât l'homme rigide et froid de leur première rencontre. Elle y voyait la nature passionnée et torride qu'elle avait pressentie et s'était juré de coucher sur sa toile.

— Entrons, murmura-t-il.

— Non.

Avec un sourire, elle se tourna et mit sa clé dans la serrure. Pour la première fois de la soirée, elle avait le sentiment de reprendre l'avantage, de contrôler une situation qui lui avait échappé. Et elle ne voulait pas laisser passer cette chance.

— Bonne nuit, chef, lui lança-t-elle d'une voix qu'elle eut du mal à assurer.

Puis elle pénétra dans le hall et referma la porte dans un claquement brutal. Dans le noir, le front appuyé contre le battant clos, elle resta de longues secondes immobile. Elle avait quitté les bras de Josh mais elle ne pouvait plus nier l'existence d'une attirance réelle et réciproque. Et subitement, une question s'imposa. Pourquoi venait-elle de renvoyer cet homme, alors qu'elle le désirait si intensément ?

4

A mi-chemin du parcours habituel de son jogging matinal, Josh passait devant la papeterie, à quelques pâtés de maisons de Bachelor Arms, quand il s'arrêta net. Ajustant ses lunettes, il fixa la première page de l'*Inquisitor* et lut le titre en lettres grasses qui avait accroché son regard.

Mon Dieu... mais le journal parlait de Taryn ! Qu'avait-elle encore fait qui lui valût la une du quotidien ? Il ne l'avait pas revue depuis le mariage de Tru et Caroline, huit jours plus tôt, et le silence de la presse à son sujet l'avait rassuré. A tort, apparemment. Avec fébrilité, il saisit le journal sur le présentoir et parcourut l'article. Le « Scandale du supermarché », relaté dans ses moindres détails, était accompagné d'une photographie grand format, montrant Taryn et Ducharme à l'arrière d'une voiture de police.

— Alors, on change de littérature ?

Josh redressa la tête. Sur le pas de la porte, Vinnie Puccio, le propriétaire de la papeterie, le regardait en mâchonnant son cigare.

— Les journaux à scandales ne traitent pas souvent de questions financières, tu sais.

— Je sais, murmura Josh.

L'article se poursuivait en dernière page avec un cliché qui le glaça. Il le montrait au côté de Taryn, à la sortie du poste de police. La photo était floue mais Josh reconnut avec effroi son costume de chez Brooks Brothers.

— Pendant que tu y es, essaye aussi le *Tattler*, lui suggéra Vinnie avec un petit sourire.

— Le quoi ?

— Le *Tattler*, là.

D'un doigt, le libraire désigna le haut du présentoir.

— Et *Inside America*.

Avec des gestes d'automate, Josh fit ce que Vinnie lui suggérait et découvrit avec un frémissement d'horreur deux autres versions du scandale. Elles étaient aussi déprimantes que la première. Dans un style croustillant, elles spéculaient sur les relations de Taryn avec le séduisant Bertrand-Remy Ducharme, play-boy français notoire, et cet inconnu — en l'occurrence, lui —, désigné comme son avocat ou son thérapeute.

— Combien si je les prends tous, Vinnie ?

— Trois dollars cinquante.

— Non. Je parle de tous ceux que tu as en magasin.

Le libraire écarquilla les yeux.

— Tu veux les acheter tous ?

— Oui.

Josh fit un rapide calcul mental.

— Combien en as-tu ? Dix de chaque ?

— Ici, oui, mais j'en ai autant dans l'arrière-boutique. Les ragots se vendent comme des petits pains.

La mine sombre, Josh hocha la tête puis tendit quatre dollars à Vinnie.

— Je prends juste ceux-là. Garde la monnaie.

Tout au long du chemin qui le ramena à Bachelor Arms, Josh lut et relut les trois articles, étudiant chaque photo en détail, tout particulièrement la sienne. Le tirage était de mauvaise qualité. Avec un peu de chance, peut-être resterait-il le mystérieux avocat de Taryn Wilde. Mais si quelqu'un le reconnaissait ? Légèrement de profil, il la tenait par la taille et pointait un doigt rageur vers les paparazzi. Une cible parfaite pour ces vautours...

— Bonjour, Joshua.

Du haut de son mètre cinquante, Natasha Kuryan lui barrait le passage du perron de Bachelor Arms et Josh manqua trébucher. Les joues rosies par l'effort — elle s'imposait, chaque matin, une marche de cinq kilomètres — elle remit en place des mèches blanches échappées de son chignon. Née en Russie, Natasha paraissait, selon les jours, soixante ou quatre-vingts ans, et Josh n'avait jamais osé lui demander son âge. Elle avait été maquilleuse et habitait Bachelor Arms depuis la fin de la Seconde Guerre mondiale, il ne savait rien d'autre d'elle.

L'œil brillant, Natasha regarda l'*Inquisitor*.

— Vous avez changé vos habitudes de lecture ? demanda-t-elle avec humour.

Elle avait gardé de ses origines un accent rocailleux et sa façon de rouler les R ravissait Josh. Mais ce matin, il ne se sentait pas d'humeur à sourire. Anéanti, il tendit à Natasha le journal ouvert à la page où s'étalait la photo compromettante.

— Mon Dieu ! s'exclama-t-elle. Mais c'est vous !

Il sentit son sang se glacer dans ses veines.

— Vous m'avez reconnu ?

— Si je vous ai reconnu ? Mais, mon chou, j'ai passé ma vie à étudier les visages sous tous les angles. Bien sûr que je vous ai reconnu. Ce profil droit, aristocratique. Un peu comme celui de Gregory Peck...

Les yeux plissés, elle se pencha sur la photo.

— Vous savez que vous lui ressemblez beaucoup ? La même machoire... les mêmes lèvres. Les siennes étaient peut-être un peu plus fines.

Natasha se redressa en souriant.

— Dommage que vous cachiez vos yeux derrière ces lunettes. J'ai toujours trouvé que vous étiez un garçon très séduisant. Une bonne ossature, voilà le secret.

Pour la vieille dame, tous les locataires de Bachelor Arms étaient des *garçons*. Et si elle avait eu seulement quelques années de moins, Josh était persuadé qu'ils se seraient tous disputés ses faveurs. Malgré ses cheveux blancs et son visage marqué par les ans, Natasha avait gardé la séduction et la beauté de ses origines slaves.

— Alors, reprit-elle avec un air de connivence, vous voulez bien me dire ce que votre photo fait dans ce journal ? Et qui est cette Taryn ? Une amie ?

— Non. Enfin, je veux dire... si...

Sous le regard amusé de la vieille dame, Josh souffrait mille morts. Que pouvait-il répondre ? Au début, il s'était pris pour le garde du corps de Taryn. Et puis il y avait eu cette soirée, ces deux baisers furtifs mais explosifs, et la naissance d'une tension aussi vive et dangereuse que celle d'un fauve en cage prêt à bondir. Tout cela parce qu'il s'était penché pour l'embrasser et qu'elle s'était abandonnée. Et jetée à son cou une heure plus tard, dans l'unique but de le rendre fou, il en était certain.

— J'ai travaillé plusieurs fois avec Olivia Wilde, dit Natasha, comme si elle tentait de lui venir en aide. C'était une véritable beauté.

— Je sais...

Josh hésita.

— Taryn est sa petite-fille.

— Et vous êtes amoureux d'elle ?

— Non !

Sa véhémence fit sourire Natasha.

— C'est dommage, dit-elle. Vous auriez eu de magnifiques enfants.

De magnifiques enfants ? Et puis quoi encore ? Il se défendit d'un ton farouche.

— Vous ne la connaissez pas. Vivre avec elle doit relever du cauchemar.

— Vraiment ?

Un sourire malicieux sur les lèvres, Natasha le dévisagea.

— Parfois, Joshua, il y a un lien entre nos cauchemars et nos rêves. Venez voir.

76

Avec une surprenante agilité, elle gravit les trois marches qui menaient à la porte puis désigna la plaque en bronze, au-dessus de la sonnette.

— Vous voyez l'inscription ?

— Je n'ai pas besoin de la voir, Natasha. Je la connais par cœur.

— Non, venez.

Docile, Josh la rejoignit sur le perron et se pencha, commençant sa lecture avec un petit sourire.

— Bachelor Arms...

— Non. En dessous.

— En dessous ?

— Oui, là.

Elle désigna une inscription gravée en lettres minuscules sous le nom de la résidence. Josh, qui n'y avait jamais prêté attention, la lut à mi-voix.

— « Croyez-vous en la légende ? »

— La légende, Joshua. C'est là que tout commence... et se termine. Avec le miroir.

— Vous voulez parler du miroir qui se trouve dans l'appartement de Tru Hallihan ?

— Hum, hum. L'appartement 1G. Vous l'avez vu ?

— Bien sûr. Des dizaines de fois.

— Et elle ? demanda Natasha. Vous l'avez vue ?

— Qui elle ?

— La femme.

Un tressaillement parcourut Josh. De quoi parlait-elle ? De cette femme qu'il avait aperçue, le jour de l'emménagement de Tru ? Et pourquoi ? Saisi d'une soudaine inquiétude, il joua les étonnés.

— Quelle femme, Natasha ? Et pourquoi me demandez-vous cela ?

La vieille dame plissa ses yeux verts d'un air mystérieux.

— Parce que la voir signifie que votre plus grand rêve va se réaliser.

Elle fit une pause, avant de reprendre avec un petit sourire.

— Vous l'avez vue, n'est-ce pas ?

— Mais non, je...

— Taisez-vous.

Sa petite main se posa sur la poignée.

— Il faut que je file, maintenant. J'ai beaucoup de choses à faire. Et vous, ajouta-t-elle avec un petit clin d'œil, je pense que vous avez beaucoup de choses à dire à Taryn Wilde.

La protestation de Josh mourut sur ses lèvres. Natasha s'était engouffrée dans le hall et il se retrouva seul, décontenancé. Alors il relut l'inscription, se répétant ce qu'il s'était toujours dit. Cette histoire de fantôme était absurde. Et pourtant... Tru paraissait y croire. Il avait rencontré Caroline, en était tombé fou amoureux et l'avait épousée. Ce mariage était-il la concrétisation de son plus grand rêve ?

Le regard de Josh revint sur l'article du *Tattler* et il refoula cette hypothèse stupide. Lui aussi avait vu la femme dans le miroir et aujourd'hui, sa photo faisait la une des trois plus grands journaux à scandales du pays. Il avait passé la semaine à essayer d'imaginer une manière d'empêcher Taryn Wilde de provoquer de nouveaux esclandres et toutes les nuits de cette même semaine à tenter d'oublier le contact de ses lèvres. Si Natasha avait raison, la légende fonctionnait à l'envers.

Depuis sa rencontre avec Taryn, il ne vivait pas un rêve mais un cauchemar.

— Regardez ! Vous m'aviez promis et...

Au bord de l'apoplexie, Olivia Wilde lâcha l'*Inquisitor* et se retint au manteau de la cheminée. Depuis que Josh lui avait annoncé la nouvelle, elle arpentait le salon de sa villa de Westwood, gesticulant et s'indignant. Josh la suivait des yeux en se disant qu'il ferait mieux de déguerpir. Mais il était honnête et devait avouer la vérité. Toute la vérité.

— Le *Tattler* et *Inside America* reprennent aussi l'histoire, Olivia.

— Quoi?

Anéantie, elle s'affaissa dans un fauteuil fleuri et lâcha dans un souffle horrifié.

— C'est affreux.

— Mais non, il n'y a rien d'inquiétant...

Josh avait le sentiment d'être en train de creuser sa tombe.

— ... Taryn a été arrêtée après avoir agressé un photographe dans un magasin. C'est tout. Je me suis rendu au poste de police pour payer sa caution.

— Vous l'avez sortie de prison? s'écria Olivia.

— O... oui.

A en juger par le regard qu'elle lui lança, il se demanda s'il avait eu raison.

— Ecoutez, reprit-il avec une gêne croissante. Ne la blâmez pas. Je pense qu'elle essaye seulement de protéger sa vie privée.

— Ah oui? Et depuis quand? Tous ses faits et gestes s'étalent à la une des journaux depuis ses dix-huit ans.

— Elle a peut-être changé. Je pense que vous devriez lui parler.

Olivia Wilde ferma brièvement les yeux et secoua la tête.

— Taryn ne changera jamais, dit-elle d'un ton grandiloquent. Tout est fichu... irrémédiablement.

Malgré son humeur sombre, Josh ne put s'empêcher de sourire. Olivia était une redoutable comédienne. Respectant son silence, il attendit quelques secondes avant de se permettre d'insister.

— Non, tout n'est pas fichu. Je suis persuadé que votre petite-fille peut changer.

Drapée dans sa dignité, Olivia releva la tête et demanda d'une voix monocorde.

— Que comptez-vous faire ? Les nominations seront officielles dans deux semaines et mon nom *doit* figurer sur la liste.

— Je le sais. Malheureusement, je crains que nous ne puissions rien faire. J'ai proposé de l'argent à Taryn pour qu'elle parte, elle l'a refusé. Elle est majeure. Personne ne peut l'empêcher de faire ce que bon lui semble.

« Et il est très probable qu'elle fera exactement le contraire de ce que nous lui demanderons », ajouta-t-il pour lui-même. Sur ce point-là, au moins, Garrett ne s'était pas trompé.

— Si, déclara Olivia avec une détermination soudaine. Il y a forcément un moyen.

Elle quitta son fauteuil et reprit ses allées et venues.

— Forcément.

Les fenêtres étaient ouvertes et, pendant d'interminables secondes, seuls les joyeux pépiements des oiseaux déchirèrent le silence. Puis, brusquement, Olivia poussa un cri de triomphe.

— J'ai une idée !

Josh sursauta.

— Laquelle ?

— Vous.

— Quoi, moi ?

— Oui, vous.

Elle revint vers lui, lumineuse.

— Vous n'avez qu'à passer votre temps avec elle, elle ne pourra plus faire de bêtises.

— Mais... je travaille, Olivia.

— La belle affaire. Vous pouvez bien prendre quelques jours.

— Pour quelle raison voulez-vous que je lui impose ma présence ? Et que voulez-vous que nous fassions ?

— Je n'en ai aucune idée mais vous allez trouver.

Vous êtes jeunes tous les deux, vous devez bien avoir des goûts communs.

Des goûts communs ? Josh retint un rire amer. Il aurait aussi bien pu chercher une aiguille dans une botte de foin. Taryn et lui étaient aussi différents que le jour et la nuit. Que pouvaient-ils espérer partager ? Le souvenir insidieux de leur baiser lui revint à la mémoire et il le refoula avec un empressement nerveux.

— Vous pourriez la séduire, suggéra Olivia.

Il faillit s'étrangler.

— La quoi ?

— La séduire.

— Vous plaisantez, j'espère.

— Non, c'est une idée.

— Oui, eh bien, c'est une très mauvaise idée.

Les yeux au ciel, Olivia laissa fuser un long soupir de découragement.

— C'est facile de toujours dire non, mais que proposez-vous ?

— Je ne sais pas.

— Pourquoi ne pas essayer de parler à ce Français, Bernard... machin-chose. Offrez-lui de l'argent pour qu'il emmène Taryn. Ou l'autre homme sur la photo ? Ils disent que c'est son avocat. Peut-être pourrait-il la convaincre de quitter la ville. Nous devons tout essayer, Josh. Je vous en prie.

— Olivia.

Multipliant les efforts pour conserver son calme, Josh prit les mains de sa cliente avec douceur, mais fermeté.

— Ne vous inquiétez pas. Je vous jure que je vais trouver un moyen mais il est hors de question que je joue les séducteurs avec votre petite-fille, nous sommes bien d'accord ?

Visiblement déçue, Olivia acquiesça.

— D'accord... mais seulement si vous me promettez de vous occuper d'elle le plus vite possible.

— Je vous le promets.

— Vous me tiendrez au courant ?

— Vous serez la première avertie.

Avertie de quoi ?

Lorsqu'un quart d'heure plus tard, Josh arrêta sa Volvo devant l'immeuble de Taryn, il n'avait toujours pas la moindre idée de ce qu'il allait lui proposer. Olivia voulait qu'il s'occupe d'elle ? Soit. Mais de quelle façon ? Que pouvait-il faire avec Taryn pendant des heures ? Il avait vaguement envisagé la visite d'un musée ou d'une galerie, pour aussitôt abandonner l'idée. Taryn ne supporterait pas de subir un cours sur l'art moderne et ses subtilités. Le cinéma ? De toute évidence, elle méprisait le septième art. Alors quoi ? Allait-il devoir se résoudre à passer la journée avec elle, enfermé dans son appartement ? C'était le pire des choix.

Perplexe et inquiet, Josh quitta sa voiture. Et s'il la laissait décider ? Il se reprit aussitôt. L'idée était bien trop risquée. Dieu seul savait ce que Taryn pouvait inventer. Il allait improviser, essayer de trouver un lieu de promenade, désert, comme... le sommet du mont McKinley ou... une île inhabitée dans le Pacifique. Perdu dans ses pensées, il ne sonna même pas en arrivant devant la porte du loft. Glissant une main sur la poignée, il l'abaissa et entra, comme s'il était chez lui.

— Josh !

L'exclamation de Taryn le fit redescendre sur terre.

— Comment êtes-vous entré ?

Assise devant son chevalet, un pinceau à la main, elle l'enveloppa d'un regard froid. Mal à l'aise, Josh mentit.

— Le... la porte était entrouverte.

— Ah oui ?

Elle le dévisagea avec méfiance.

— Je peux savoir ce que vous venez faire chez moi ?

— Eh bien, je... je passais dans le coin et je me suis dit que ce serait gentil de vous rendre une petite visite. Pour prendre de vos nouvelles.

— Prendre de mes nouvelles? C'est trop aimable.

Un rire nerveux lui échappa et elle jeta son pinceau dans un broc.

— Regardez!

Elle se leva et écarta les bras. Ses mains, son visage et les quelques mèches blondes échappées de son chignon étaient maculés de taches.

— A part ça, je n'ai rien peint! Vous entendez? Rien! Et tout est votre faute, acheva-t-elle d'une voix désespérée.

— Ma faute, pourquoi?

— Parce que vous refusez de poser pour moi! Je suis en train de devenir folle. Je ne suis pas sortie d'ici depuis une semaine, les photographes sont revenus rôder en bas de chez moi et l'incident de Food Fair a fait la une de tous les journaux à scandales!

Elle s'arrêta pour reprendre son souffle.

— Olivia et vous pouvez être satisfaits.

— Mais non, Taryn. Pas du tout.

— Alors que faites-vous ici? C'est elle qui vous envoie?

— Non. Je vous l'ai dit. Je suis passé prendre de vos nouvelles et vous demander... si vous vouliez sortir avec moi.

Les mots avaient fusé spontanément et Josh les regrettait déjà. Mais il était trop tard.

— Sortir avec vous? s'étonna Taryn. Pour aller où?

Pris à son propre piège, il chercha désespérément une réponse, n'importe laquelle, pourvu que le lieu qu'il proposerait soit sûr et sans photographe.

— A la plage. Je... vais à la plage et j'ai pensé que vous aimeriez m'accompagner.

— Vous allez à la plage au beau milieu de l'après-midi, dans cette tenue?

Josh se maudissait.

— C'est-à-dire que... je n'ai pas l'intention de me baigner. Je veux seulement me promener.

— Qu'est-ce que c'est que cette histoire? C'est un plan que vous avez concocté avec ma grand-mère? Pour me jeter à l'eau en espérant que je me noie ou que je me fasse déchiqueter par les requins?

— Ne soyez pas ridicule. Je vous demande simplement si vous aimeriez aller à la plage. Je pensais que nous pourrions en profiter pour parler.

— Parler?

Alors que Josh se demandait comment il allait se sortir de l'impasse, Taryn acquiesça brutalement.

— D'accord, dit-elle en attrapant un vieux chiffon. Le temps de me nettoyer et de dire à Berti que nous partons, je suis à vous.

Sans lui laisser le temps d'ajouter un mot, elle disparut dans le couloir. Elle était la spécialiste des revirements brusques et imparables. Et il avait beau se préparer à toutes les éventualités, elle parvenait toujours à le surprendre. En bien, ou en mal... il soupira. Qu'allait lui réserver cette journée? De nouveaux problèmes, il en avait peur mais il était trop tard pour y penser. Maintenant, et grâce à Olivia, il se trouvait au pied du mur.

Avec lassitude, il reporta son attention sur le loft ensoleillé. Depuis le jour de leur première rencontre, rien n'avait changé. La pièce était toujours encombrée de toiles et le paravent chinois à la même place, sous la verrière. Tout était semblable, à une exception.

Il la perçut en étudiant le tableau posé sur le chevalet. Lorsqu'il avait découvert pour la première fois la peinture de Taryn, elle l'avait laissé de marbre. Aujourd'hui — et il ne comprenait pas pourquoi —, il avait le sentiment de discerner des émotions derrière l'entrelacs audacieux des couleurs. Comme si chacun des coups de pinceau révélait l'histoire de Taryn, chargée de révoltes tumultueuses et de chagrin caché.

— Salut, chef.

Josh se raidit. Oh, non, pas lui... pas maintenant! Les

poings serrés, il se retourna et découvrit Berti. Moulé dans un jean blanc, une chemise rouge largement ouverte sur son torse pâle, le Français le regardait avec un sourire insolent.

— Taryn m'a dit que vous vouliez l'amener à la plage ?

— Oui. J'ai pensé que cela lui ferait plaisir de s'évader.

« Et surtout de ne plus vous voir », ajouta Josh en silence.

— Comme c'est gentil, minauda Berti.

D'un mouvement souple, il enjamba le dossier du canapé et se laissa tomber sur ses coussins moelleux.

— Vous savez quoi, chef ? Je crois connaître votre problème.

— Quel problème ?

S'il n'arrêtait pas de l'appeler « chef »...

— Vous êtes amoureux d'elle.

La riposte de Josh lui resta dans la gorge. De quoi se mêlait cet imbécile ? Et d'où tirait-il cette idée ridicule ? D'abord Natasha, maintenant lui...

— Ne cherchez pas à nier, reprit Berti d'un air suffisant. C'est clair comme de l'eau de roche. Il faut dire qu'elle n'est pas difficile à aimer. Mais attention.

Il agita un doigt.

— Pas touche.

— Je ne sais pas de quoi vous parlez, répondit froidement Josh.

— Non ? Alors je vais être plus direct. Taryn m'appartient. Et elle ne vous aimera jamais.

Sans doute Berti avait-il raison, mais loin de le désarmer, sa constatation rendit son assurance à Josh. Pourquoi ne l'aimerait-elle pas ? Elle était bien capable de le supporter, lui, ce bouffon horripilant !

— Et pourquoi pas ?

— Parce que vous ne pourrez jamais lui donner ce dont elle a besoin.

— Et de quoi a-t-elle besoin?

Le rire du Français s'éleva, insupportable.

— D'un endroit où elle se sente chez elle, chef. D'un homme qui l'aime pour ce qu'elle est. Et, ma foi, je pense qu'un héritage de deux cents millions de francs ne serait pas pour lui déplaire.

— Et vous croyez qu'elle vous aime?

Le sarcasme contenu dans la voix grave de Josh fit vaciller l'assurance de Berti.

— Je ne sais pas, mais... le temps travaille pour moi. Et quand elle se rendra compte que ses talents d'artiste ne sont pas reconnus, elle n'aura pas d'autre choix que de revenir en Europe avec moi.

— Parce que vous pensez qu'elle ne va pas réussir?

— Regardez autour de vous. Elle n'a rien peint depuis des jours. Elle n'a aucune inspiration.

Le regard de Josh se posa sur la toile du chevalet.

— C'est possible, Berti. Mais moi, je crois qu'elle a du talent. Beaucoup de talent.

— Elle n'en a pas besoin. Si elle rentre en Europe avec moi, elle n'aura plus à peindre.

— Elle ne peint pas pour l'argent. Elle peint pour le plaisir.

Il n'en savait rien. Il n'avait lancé cette affirmation que pour contrecarrer Berti. Ce type était encore pire qu'il l'avait imaginé. Egoïste et stupide. Mais il détenait deux avantages. Il connaissait Taryn et faisait partie de son univers. Et cela suffisait à le mettre hors de lui.

— Peut-être ne veut-elle pas retourner en France, Berti.

— Nous verrons bien. Mais si j'étais vous, je ne vendrais pas la peau de l'ours avant de l'avoir tué.

L'irruption de Taryn mit fin à un échange qui menaçait de devenir infiniment désagréable. Elle s'était changée et sa tenue, une fois de plus, était extravagante. Avec cette blouse écarlate nouée à la taille, et ce pantalon noir bouffant qui dissimulait ses longues jambes mais laissait apparaître son ventre plat et doré, elle était terriblement voyante... et sexy. Juchée sur des sandales à talons hauts, elle les rejoignit d'une démarche chaloupée.

— On y va ?

Elle se pencha vers Berti et l'embrassa sur le bout du nez.

— Nous serons de retour pour dîner. Si tu as un problème, appelle Margaux. Son numéro est dans le répertoire...

— Taratata, dit le Français en se levant. J'ai décidé de venir me promener avec vous. Si le chef n'y voit pas d'inconvénient, bien sûr, ajouta-t-il avec perfidie.

Le regard meurtrier, Josh répondit en souriant.

— Bien sûr que non. Si Taryn est d'accord.

— Pourquoi ne serais-je pas d'accord ? Allez chercher la voiture, Josh, et attendez-moi au bout du pâté de maisons. Je sortirai par l'issue de secours. Avec un peu de chance, nous éviterons les photographes.

Dix minutes plus tard, ils filaient sur Ventura Boulevard en direction du Pacifique. Une brise tiède pénétrait par les vitres entrouvertes et Berti, affalé sur le siège arrière, se mit à gémir.

— Il va faire une chaleur épouvantable. Quelle idée d'aller à la plage !

Josh le fusilla du regard dans son rétroviseur. Pourquoi les avait-il suivis ? Pour l'agacer ? Eh bien, c'était gagné. Maintenant, il ne lui restait plus qu'à trouver le moyen de se débarrasser de sa présence encombrante. La seule question était de savoir comment. Alors qu'il commençait à regretter de ne pas avoir fait équiper sa voiture de siège éjectable, la solution vint de Berti lui-même.

— Regardez ! s'exclama-t-il devant un panneau publicitaire pour les Studios Universal. Ce serait tellement amusant de les visiter.

Et pourquoi pas ? Retenant un sourire de triomphe, Josh s'empressa d'approuver ce qu'il considérait d'ores et déjà comme une idée lumineuse.

— Je crois que Berti a raison. Ce sera beaucoup plus drôle que la plage.

Effectuant un demi-tour immédiat, il reprit la direction des collines et appuya sur l'accélérateur. Il n'avait pas de temps à perdre. Simplement, pour que son plan marche, il savait qu'il allait devoir jouer serré. Mais cela valait la peine d'essayer. Gérer les réactions de Taryn était déjà difficile. Supporter les minauderies précieuses de Berti était au-dessus de ses forces. Dès qu'ils arrivèrent en vue de l'immense complexe touristique, Josh sortit son portefeuille et tendit à Ducharme deux billets de cent dollars.

— Allez prendre les billets pendant que je me gare.

Berti le dévisagea avec méfiance.

— Pourquoi ?

— Pour gagner du temps. Il y a toujours un monde fou aux caisses.

Le Français réfléchit.

— Et Taryn ? Elle vient avec moi ?

— Vous n'allez tout de même pas la faire attendre en plein soleil.

— Et si vous vous garez à des kilomètres ? Vous croyez que ce sera plus agréable pour elle de marcher sous la chaleur ?

— Berti, soupira Taryn, va faire la queue pendant que Josh et moi cherchons une place. Il a raison. Nous gagnerons du temps.

Vexé, le Français marmonna une réponse inintelligible et quitta la voiture en claquant la portière.

— Bon vent, ricana Josh.

— Que dites-vous ?

Ce fut au tour de Taryn de le dévisager avec perplexité.

— Rien...

— Pourquoi lui avez-vous demandé cela ?

Josh démarra sans répondre. Ce n'est que lorsqu'il prit l'embranchement de l'autoroute que la jeune femme comprit ses intentions.

— Où allons-nous?

— A la plage.

— Vous voulez dire que nous laissons Berti?

— Berti est un grand garçon. Il saura se prendre en charge.

— Mais... comment va-t-il rentrer?

— Je lui ai donné deux cents dollars. Je pense qu'il saura les utiliser.

Stupéfaite, Taryn resta sans voix, puis éclata de rire.

— Alors ça! Vous ne manquez pas de culot.

— Si vous y tenez, nous pouvons retourner le chercher.

— Oh, non! Non...

Elle secoua la tête en riant.

— Pour être franche, il commence un petit peu à me taper sur les nerfs.

— A vous aussi?

La jeune femme lui coula un regard amusé.

— Il n'est pas méchant, vous savez.

— Je n'en ai jamais douté mais... je peux vous poser une question?

— Essayez toujours.

— Quelles sont vos relations avec Berti?

Elle haussa les sourcils.

— Mes relations? Pourquoi ne me demandez-vous pas franchement ce que vous voulez savoir?

— Pardon?

— Oui, si je couche avec Berti? Si nous sommes amants?

— Mais...

Josh eut brusquement envie de disparaître sous son siège.

— Je n'ai jamais eu l'intention de vous demander une chose pareille.

— Vraiment?

Elle esquissa un petit sourire.

— Alors disons que Berti et moi sommes... de vieux amis. Cela vous convient?

Terrassé par la honte, Josh n'osa pas lui répondre. Maintenant, elle allait le prendre pour un caractériel jaloux! Il acquiesça d'un hochement de tête en se demandant, malgré tout, si elle lui avait dit la vérité. Il l'espérait de tout son cœur. Ce Berti était détestable et il aurait été malade de savoir qu'il sortait avec elle. Même si, au fond, cela ne le regardait pas. Simplement, il pensait que Taryn méritait mieux. Un homme qui la soutienne dans ses rêves et lui permette de s'affirmer. Il ne voulait pas dire qu'il se sentait capable de jouer ce rôle. Taryn et lui n'étaient pas... compatibles. Il le savait. Mais si son bonheur était de rester ici, à Los Angeles, il ferait tout son possible pour l'y aider. Mais quelle ironie! Il y avait si peu de temps encore, il ne pensait qu'à une chose, la mettre dans le premier avion pour le bout du monde. Et aujourd'hui...

Il n'osait pas imaginer la réaction d'Olivia si elle apprenait ce soudain revirement. Adieu leur belle complicité! Mais il restait encore un moyen de contrôler Taryn. Le seul problème, c'était qu'il ne se sentait pas le courage de jouer cette carte. Surtout parce qu'elle impliquait qu'il se déshabillât devant la jeune femme!

Lorsqu'ils atteignirent l'océan, la pureté de la lumière les frappa. Loin de la brume qui écrasait la ville, le Pacifique leur apparut dans toute sa splendeur, d'un bleu sombre et intense, scintillant de mille feux sous la caresse du soleil. Fenêtres ouvertes, ils roulèrent en silence vers le nord. Le paysage était somptueux, sauvage et encore vierge. Tombant à pic sur les plages de sable blond, les falaises dominaient l'océan tandis que les collines partaient à l'assaut du ciel.

Après une demi-heure de route, Josh gara sa voiture

sur un parking désert, à deux pas de Zuma Beach. Sans prononcer un mot, il vint ouvrir la portière de Taryn et lui tendit la main. La jeune femme l'accepta aussitôt.

Lorsqu'elle sortit, le parfum fort et iodé de l'océan l'assaillit. Au-dessus des vagues, les mouettes virevoltaient dans un ballet gracieux et leurs cris se mêlaient au ressac. Etait-ce la beauté du paysage, les doigts solides de Josh entrelacés aux siens ? La caresse du soleil sur sa peau ? Taryn se sentit soudain merveilleusement sereine et la sensation lui parut aussi étrange que délicieuse.

Sans rompre le silence, Josh l'entraîna sur le sable. A l'exception de quelques coureurs, la longue plage était presque déserte. Lorsqu'ils s'assirent côte à côte, face à l'océan, Taryn retira ses sandales et enfonça avec délices ses pieds nus dans le sable chaud.

— C'est si beau, dit-elle en ramenant les jambes contre sa poitrine. Je suis heureuse que vous m'ayez amenée.

— Moi aussi.

Elle tourna légèrement la tête. Dans son costume sombre, le visage impassible, Josh ne semblait pas à sa place sur cette plage ensoleillée.

— Que faites-vous ici, je veux dire, en Californie ? Vous ne ressemblez pas aux gens de la côte Ouest.

— Ma famille habite dans la banlieue de Chicago. C'est là-bas que j'ai grandi. Je suis venu ici après l'université, lors d'un pèlerinage, et je ne suis plus reparti.

— Un pèlerinage ? s'étonna Taryn.

— Oui, mon père était un passionné de cinéma.

Josh esquissa un sourire, le premier depuis qu'elle le connaissait, et la chaleur qui en émanait la bouleversa.

— Je crois qu'il a été un acteur frustré. J'ai vu des dizaines de films en sa compagnie. Sans ma mère, ni mes cinq sœurs. Juste lui et moi.

Emue, Taryn le regarda avec attendrissement. Il lui semblait que le masque de Josh Banks se fissurait enfin.

— Il doit être heureux que vous travailliez à Holly-wood, murmura-t-elle.

— Mon père est mort lorsque j'avais quinze ans.

— Oh... pardon.

— Ce n'est rien. L'épreuve a été difficile, mais je l'ai surmontée. Ma mère était effondrée et j'ai compris que je devais reprendre le rôle de mon père. J'ai commencé à m'occuper de tout, surtout des comptes, et au fil des ans je suis devenu le chef de famille. A mon entrée à l'université, l'avenir de tout le monde était assuré.

Il eut un rire grave, merveilleusement caressant.

— J'étais devenu un as du placement. Et puis, ma mère s'est remariée et j'ai cessé d'être l'homme du foyer. Voilà.

Le silence retomba et, pour la première fois, Taryn le trouva supportable. Comme si, subtilement, il s'était établi entre eux une complicité. Encouragée, elle eut elle aussi envie de se confier.

— Je comprends ce que vous avez dû ressentir. Moi, mon père est mort lorsque j'avais neuf ans. Avec ma mère, dans un accident de voiture. Mais je suppose qu'Olivia vous a déjà raconté.

— Oui.

Elle essaya de sourire mais son sourire, comme chaque fois qu'elle évoquait le souvenir de ses parents, s'évanouit.

— Il vous a beaucoup manqué, n'est-ce pas?

— Oui. J'ai souvent pensé qu'il ne m'avait pas aimée parce qu'il ne lui restait plus assez d'amour. Il adorait ma mère.

— Mais vous étiez sa fille...

— Je ne pense pas que mes parents aient jamais projeté d'avoir des enfants.

— Et votre grand-mère?

— Elle n'a jamais voulu de moi.

— Taryn...

92

Josh hésita.

— Il y a beaucoup de choses que vous ne savez pas au sujet d'Olivia. Elle est votre seule famille. Cela ne compte-t-il pas pour vous?

— Je ne sais pas. Et je n'ai pas envie de le savoir.

Taryn soupira, agacée. Pourquoi fallait-il toujours qu'il en revienne à Olivia? Etait-ce une manie chez lui? D'un mouvement brusque, elle se redressa.

— J'ai envie de profiter de l'après-midi.

Elle retira le foulard qui retenait ses longs cheveux et le jeta en l'air en poussant un cri de joie.

— J'ai envie de me baigner!

— Que faites-vous?

Sous le regard ébahi de Josh, elle commençait à retirer sa blouse.

— Vous le voyez bien, je me déshabille.

D'un mouvement d'épaules, elle fit glisser son chemisier qui tomba sur le sable. Ses seins ronds apparurent, mis en valeur par la dentelle écarlate de son soutien-gorge. Près d'elle, Josh était muet. La voix lui revint lorsqu'elle se mit à dégrafer son pantalon.

— Arrêtez, cria-t-il en se relevant précipitamment.

— Eh, pas de panique! Je ne vais pas me baigner toute nue. Je connais la pudeur des Américains.

— Ce n'est pas ça.

— Non?

Le regard pétillant, elle retira sa ceinture.

— Alors, pourquoi êtes-vous si nerveux?

Josh ne fit ni une ni deux. Comme elle lançait son pantalon sur le sable, il se planta devant elle.

— Vous êtes folle. Si des gens vous voyaient.

— Et alors?

Taryn passa langoureusement les bras autour de son cou.

— Vous venez vous baigner avec moi?

— Rhabillez-vous, s'il vous plaît.

— Oh, arrêtez de jouer les rabat-joie !

D'un doigt agile, elle commença à dénouer sa cravate.

— Rhabillez-vous, répéta Josh d'une voix crispée. Sinon...

— Sinon ?

— Sinon... je ne poserai pas pour vous.

La main fine de Taryn se figea sur son col.

— Que dites-vous ?

— Je... j'ai décidé d'accepter votre offre.

— Quand ?

— Quand...

— Oui, quand voulez-vous venir ?

— C'est-à-dire... je dois quitter la ville quelques jours pour un séminaire... mais, dès mon retour...

Avec un cri de joie, Taryn lui coupa la parole.

— Je ne peux pas le croire ! C'est merveilleux...

Riant et chantant, elle se mit à virevolter autour de lui.

— Je vous en prie, gémit Josh. N'ameutez pas la plage. Si vous ne vous rhabillez pas immédiatement, notre marché est annulé.

Il venait de trouver le mot juste. Dans la seconde qui suivit, Taryn cessa de tournoyer et se pencha pour ramasser sa blouse.

— Tout ce que vous voulez, chef !

Josh lui lança son pantalon puis, sans attendre qu'elle l'ait enfilé, il revint à la voiture. Bon sang, mais il était fou à lier ! Pourquoi avait-il accepté ce marché stupide ? Pour l'empêcher de se jeter nue dans les vagues ? Ou pour céder à un désir qu'elle ne cessait d'attiser ? Lorsqu'elle le rejoignit avec un rire joyeux, il se dit qu'il s'était laissé prendre au piège, stupidement, comme un adolescent surexcité et que son geste pourrait causer sa perte.

5

« Le mystérieux amant de Taryn Wilde découvert. »

Stupéfaite, Taryn regardait la photo qui s'étalait en première page de l'*Inquisitor*.

— C'est impossible... qui a pu prendre cette photo ? Nous étions seuls sur la plage.

— Apparemment non, ma chérie, fit Margaux en tapotant d'une main légère ses mèches platine.

Taryn pressa en gémissant le journal contre sa poitrine.

— Je suis tellement navrée ! Je sais que ce n'est pas bon pour ma réputation...

— Ma chérie...

La directrice de la Galerie Talbot posa une main réconfortante sur l'épaule de la jeune femme.

— Tout cela sera vite oublié. Après ton passage dans Art Exposed, personne ne se souviendra de ces photos.

Taryn cligna des yeux.

— Art Exposed ?

— Oui. C'est une émission formidable qui passe sur le câble. Je me suis arrangée pour te faire inviter mardi prochain. Tous les spécialistes la regardent et ne t'inquiète pas, ajouta-t-elle avec un sourire mondain, ils lisent rarement l'*Inquisitor*.

— Mardi ? Mais... c'est après-demain ? Pourquoi ne m'en as-tu pas parlé plus tôt ?

— Parce que je ne voulais pas que tu refuses.

Stupéfaite, Taryn secoua la tête.

— Margaux... c'est de la folie. Personne ne me connaît. Et puis, je ne suis jamais passée à la télévision, enfin... jamais de mon plein gré.

Prenant bien soin de ne pas froisser la jupe de son tailleur émeraude, Margaux s'appuya contre le rebord de son bureau de verre.

— Tu seras parfaite. Et dis-toi que je ne l'aurais jamais fait si je ne pensais pas que cela puisse avoir d'excellentes répercussions sur ta carrière.

Plissant ses yeux maquillés avec soin, elle ajouta avec un rire curieux.

— Tu ne m'as toujours pas dit qui était ce mystérieux amant.

Hébétée, Taryn ne répondit pas. Elle jeta le journal sur le bureau, se leva et se mit à arpenter la pièce. Il ne lui manquait plus que ça. Affronter les caméras de télévision pour vanter sa peinture. Margaux était devenue folle... et pourtant, ce serait peut-être un délice, comparé à ce qu'elle allait subir lorsque Josh découvrirait la photo.

— Il va être furieux. Je lui avais promis de me tenir tranquille et regarde !

Un sanglot dans la voix, Taryn s'arrêta devant la fenêtre et appuya son front contre la vitre.

— C'est comme si j'avais en permanence un gros nuage au-dessus de ma tête et juste au moment où je pense enfin voir revenir le soleil, boom ! il explose et je reçois des trombes d'eau. Je ferais mieux de retourner en Europe.

— Ne sois pas ridicule. Ta place est ici.

Taryn retint un gémissement. Que pouvait-il arriver de pire ? Une photo d'elle en sous-vêtements, les bras passés autour du cou de Josh Banks, et cette légende...

« Les ébats de Taryn Wilde sur une plage du Pacifique avec son nouvel amant, Josh Banks. »

Le nom de Josh claqua dans sa tête comme une porte

qui se refermerait sur sa carrière. Tout était fini. Elle aurait beau tempêter, supplier, il ne poserait jamais pour elle.

— Je voulais le prendre comme modèle, Margaux. Mais maintenant... avec cette photo...

— Attends...

La directrice de la Galerie Talbot se redressa et vint vers elle.

— Tu veux dire que tu sors avec un de tes modèles ?

— Mais non ! Je ne sors avec personne. Et ce type n'est pas plus modèle que toi et moi. C'est le conseiller financier de ma grand-mère. C'est lui qu'Olivia a envoyé pour me surveiller.

— Oh...

Le rire de Margaux s'éleva, flûté et très distingué.

— Tu as une aventure avec le conseiller financier de ta grand-mère ?

— Il n'est pas question d'aventure, se défendit Taryn. Je m'amusais avec lui, c'est tout. Il est tellement sérieux que j'adore le bousculer.

Pourquoi n'avait-elle pas su se maîtriser ? Assaillie par le remords, la jeune femme maudit son impulsivité. Elle n'avait fait que s'amuser, une toute petite minute, et maintenant, tout le monde allait penser qu'elle sortait avec Josh.

— Ce n'est pas très grave, ma chérie. Cette photo est perdue au milieu du journal et il n'y a même pas d'article. Dans une semaine, tout le monde l'aura oubliée. Tu imagines, un conseiller financier... quel ennui.

Piquée au vif, Taryn fit volte-face. Pourquoi Margaux portait-elle un jugement si hâtif ? Josh n'était certainement pas aussi ennuyeux qu'il en avait l'air. Et puis... là n'était pas la question !

— J'ai failli à ma parole, tu comprends ? Je lui avais promis de me tenir tranquille et en échange, il acceptait de poser pour moi. Avec lui, j'étais sûre de retrouver mon inspiration. Alors que maintenant...

Taryn se mordit la lèvre pour contenir leur tremblement.

— A la minute où il va voir cette photo, il va tout annuler.

— Trouve quelqu'un d'autre.

— Mais non ! C'est lui que je veux. Il y a en lui une puissance, une séduction...

— Et quoi encore ?

Les bras croisés, Margaux la regardait avec un sourire qui acheva de l'agacer. Qu'était-elle en train d'imaginer ? Qu'elle était amoureuse ? Si elle avait su... D'accord, le baiser de Josh et la promenade sur la plage l'avaient troublée, mais elle était suffisamment lucide pour savoir que cela ne signifiait rien. Après tous ces mois de solitude, n'importe quel homme lui aurait fait le même effet. D'ailleurs, Josh et elle étaient trop dissemblables.

— Disons que j'ai éprouvé une attirance passagère, conclut-elle en guise d'explication. Mais cela n'ira pas plus loin.

— Pourquoi pas, si cela peut te faire du bien ? Tu veux mon avis ? Ton manque d'inspiration n'a rien à voir avec l'angoisse de ta première exposition, ni même avec le harcèlement de la presse. Le problème ne se situe pas là, mais dans ce qui manque à ta vie. Viens.

Saisissant sa main, Margaux l'entraîna dans la galerie et s'arrêta devant une toile que Taryn reconnut aussitôt. Elle l'avait peinte en Crète, deux ans plus tôt.

— Regarde, dit Margaux. Ce tableau respire la sensualité. On y sent la mer chaude, la brûlure du soleil, le lent mouvement des vagues...

Perdue dans ses souvenirs, Taryn hocha la tête.

— Je l'ai peinte après avoir rompu avec Alessandro. J'étais furieuse.

— Oui, mais au moins tu éprouvais un sentiment. En ce moment, ta vie est vide, dénuée de passion.

— Et alors ?

— Alors? Il te faudrait un homme, ma chérie. Pour commencer, tu devrais céder à Berti. Je suis sûre qu'il te changerait les idées. Je sais qu'il est parfois insupportable, mais il peut être aussi charmant qu'attentionné.

Taryn haussa les épaules.

— Si c'est tout ce que tu as à me proposer. Tu ferais mieux de t'en occuper, toi. Quand il est dans les parages, je suis incapable de travailler.

— Que je m'occupe de Berti? Oh, non!

— Pourquoi? Tu viens de me dire qu'il était charmant.

— Oui...

— Alors? Tu ne veux pas me rendre ce petit service?

Peu convaincue du bien-fondé de la proposition, Margaux laissa fuser un soupir las.

— S'il n'y a que ça pour te faire plaisir... Mais seulement quelques jours et si tu me promets de te souvenir de ce que je t'ai dit.

— C'est-à-dire? demanda innocemment Taryn.

— Tombe amoureuse.

— Pour tomber amoureuse, il faut un homme.

— Tu en as un. Et il a l'air plutôt mignon, ce conseiller financier.

— Tu ne le connais pas! Il est autoritaire, coincé, exigeant...

— Quelle fougue, ma chérie. Il y a longtemps que je ne t'ai pas entendue parler d'un homme avec autant de passion.

— Arrête, s'il te plaît. De toute façon, dès qu'il aura vu ce journal, il aura sûrement plus envie de me tuer que de sortir avec moi.

— Tu crois?

Margaux la fixa avec un petit sourire chargé de sous-entendus.

— La grande Taryn Wilde aurait-elle perdu son pouvoir sur les hommes?

Taryn échappa à son regard ironique. Non, elle n'avait pas perdu son pouvoir. Elle avait toujours eu tous les hommes qu'elle avait voulus, sans efforts. Et si elle le décidait, Josh Bank tomberait amoureux d'elle, comme les autres. Seulement, elle refusait de jouer avec lui le jeu de la séduction. Parce qu'elle avait besoin qu'il la respecte, qu'il voie en elle une autre femme que cette enfant gâtée et légère dépeinte par la presse à scandales.

— J'ai changé, Margaux, murmura-t-elle. Beaucoup changé. Je ne suis plus celle que tu as connue.

Josh ne dormait jamais en avion et, pour la première fois de sa vie, il regrettait cette manie qu'il attribuait à un excès de prudence. Depuis leur départ de New York, sa voisine, Mme Florence Zabonovitch, Flo comme elle avait insisté pour qu'il l'appelle, l'assommait de son bavardage incessant. En deux heures, il avait tout appris. Qu'elle était née à Brooklyn, qu'elle était veuve depuis trois ans et partait vivre avec sa fille et son beau-fils à Bakersfield en Californie, qu'elle avait deux petites-filles et bientôt un petit-fils.

A bout de forces et de patience, Josh décida au-dessus des Grandes Plaines de modifier ses habitudes et il ferma les yeux en priant le ciel : pourvu que le sommeil l'arrache aux griffes de cette pie bavarde... Mais sa prière ne fut pas exaucée. Et pour la centième fois depuis qu'il y était monté, il se demanda ce qu'il faisait dans cet avion. Initialement, sa place était réservée sur le premier vol du lendemain et puis, tout à coup, changement de programme. Lui, le pondéré, le réfléchi, avait agi impulsivement et bouclé ses valises à peine son séminaire achevé.

Derrière ce geste surprenant se profilait une raison inquiétante, Taryn. Depuis son arrivée à New York, Josh avait été incapable de se concentrer. Parce qu'il avait pensé à elle, de jour comme de nuit. Il avait assisté sans écouter aux conférences, ne voyant au-delà des graphiques et des chiffres que son corps ravissant révélé par ses sous-vêtements de dentelle écarlate. Elle l'obsédait. Et la séparation n'arrangeait rien : pas un instant, il ne cessait de penser à elle. Pourtant, lorsqu'ils étaient ensemble, Taryn le rendait fou par ses excentricités. Mais loin d'elle, c'était de désir qu'il devenait fou.

Un soupir épuisé lui échappa.

— Vous êtes réveillé ?

Il eut le malheur d'ouvrir l'œil. Aussitôt, Mme Zabonovitch repartit à l'attaque.

— Ça vous a fait du bien de dormir un peu ?

Josh allait se retourner et lui offrir son dos quand il aperçut le nom du journal qu'elle lisait. L'omniprésent *Inquisitor*! Inquiet, comme chaque fois qu'il en apercevait une édition depuis quelques semaines, il redressa la tête et lut le gros titre qui s'étalait en lettres noires. Le nom de Taryn n'y figurait pas. Aujourd'hui, les frasques de la jeune femme avaient été remplacées par l'histoire d'un bébé né avec une tête de grenouille.

« Des parents choqués par la naissance d'un bébé amphibie. »

— Vous vous rendez compte, compatit Florence lorsqu'elle remarqua que Josh s'intéressait à sa lecture. Quelle tristesse. Un bébé avec une tête de grenouille.

— Ne me dites pas que vous croyez à cette histoire ?

— Bien sûr que si. Regardez la photo.

Elle lui tendit le journal.

— Vous voyez bien ? Ce bébé ressemble à une grenouille.

— Flo... vous ne pensez pas que cette photo peut être truquée ?

Mme Zabonovitch baissa les yeux sur son journal.

— Pourquoi feraient-ils une chose pareille ?

— Pour vendre.

Elle parut troublée puis, réfutant l'idée, se mit à reprendre chaque article afin de lui démontrer qu'il avait tort et qu'ils disaient, forcément, la vérité. Lorsqu'elle arriva à la septième page, Josh se sentait anéanti. Au point de se demander si un saut dans le vide sans parachute ne serait pas préférable à ce flot de paroles ininterrompu.

— Et celui-ci ? « Le mystérieux amant de Taryn Wilde découvert. » J'ai déjà vu des photos de Taryn et je vous assure que c'est bien elle. Regardez, elle est en sous-vêtements...

Le cœur de Josh s'arrêta de battre. Glacé, il arracha le journal des mains de Mme Zabonovitch.

— Eh ! dit-elle avec un rire coquin. Cela vous intéresse ?

Elle se pencha vers lui pour poursuivre sa lecture.

— « Les ébats de Taryn Wilde sur une plage du Pacifique avec son nouvel amant, Josh... »

Sa voix se cassa.

— Mon Dieu, souffla-t-elle. Ne m'avez-vous pas dit que vous vous appeliez...

Un court instant, Mme Zabonovitch reporta son regard sur la photo puis elle se redressa avec un cri de stupéfaction.

— C'est vous ! Vous êtes le mystérieux amant de Taryn Wilde !

De l'autre côté de l'allée, des passagers avaient levé la tête. Paralysé, Josh attendait. Le seul fait de tourner les yeux lui paraissait insurmontable. Pourtant, il devait réagir. Très excitée, Mme Zabonovitch commençait à alerter tout le voisinage.

— Vous savez qui est là ? L'amant de Taryn Wilde !

Il y eut quelques sourires, puis Josh reprit ses esprits. Abattant une main sur le bras potelé de sa voisine, il la força à se retourner vers lui.

— Taisez-vous...

Le cœur battant à cent à l'heure, il replia le journal et le glissa sous son siège, comme si cela avait pu suffire à effacer la réalité.

— Je ne suis pas l'amant de Taryn Wilde.

— Mais c'est pourtant bien vous, sur la photo?

Mme Zabonovitch plissa les yeux derrière les verres épais de ses lunettes et, parmi le torrent de pensées qui l'assaillaient, Josh se fit la réflexion que c'était elle qui ressemblait à une grenouille.

— Vous vous êtes disputé avec elle? C'est ça?

Elle le rassura en tapotant son bras d'une main réconfortante.

— Ne vous inquiétez pas. Je me disputais tous les jours avec Abraham, cela ne nous a pas empêchés de nous aimer pendant trente ans. Et puis, il ne faut pas lui faire de mal. Cette pauvre petite a besoin d'un homme. Elle est orpheline, vous savez. Une tragédie terrible. Et depuis qu'elle a laissé tomber ce baron allemand, je me demande si elle a jamais été heureuse.

— C'était un comte, murmura Josh, la voix blanche. Et il était italien.

Il retira ses lunettes et se frotta les yeux. C'était un cauchemar. Non seulement, il n'avait pas réussi à éviter que Taryn se retrouve une nouvelle fois dans la presse mais, pour couronner le tout, il s'affichait avec elle. Horrifié, il imagina Olivia évanouie au milieu de son salon, l'*Inquisitor* à ses pieds, ouvert à la page fatidique. Tout était fini. Elle allait dénoncer le contrat qui les liait. Quant à ses autres clients, ils devaient déjà être en train de consulter les Pages Jaunes à la recherche d'un nouveau conseiller.

D'un geste mécanique, il regarda sa montre. Il leur restait encore une heure de vol. S'il se dépêchait, il pourrait arriver chez Taryn avant minuit et, si elle dormait, il la réveillerait. L'heure d'une discussion sérieuse avec cette inconsciente avait sonné. Pour commencer, il lui dirait ce qu'il pensait de son attitude inacceptable. Ensuite, il lui ferait savoir que, par sa faute, tous ses clients allaient déserter son cabinet, et pour finir, il lui annoncerait que jamais — jamais — il ne poserait pour elle!

Rasséréné d'avoir su, tout au moins en pensée, prendre le taureau par les cornes, Josh exhala un soupir de soulagement. Puis sursauta. Que se passait-il dans sa tête ? Il ne comprenait plus rien. Depuis quatre jours, il ne pensait qu'à Taryn et n'avait qu'un désir, la revoir. Et maintenant, sa seule envie était de tordre son ravissant cou...

Près de lui, Mme Zabonovitch ne désarmait pas. Elle poursuivait son bavardage, se rappelant avec émerveillement la première fois où elle avait vu Olivia Wilde à l'écran. Assommé, Josh laissa son esprit dériver et pour la première fois depuis qu'il prenait l'avion, il réussit à s'endormir.

Moins de deux heures plus tard, après avoir récupéré sa voiture au parking de l'aéroport et roulé à tombeau ouvert jusqu'à l'immeuble de Taryn, Josh tambourinait à la porte du loft. Les coups répétés résonnaient dans la nuit, sans réponse. Il sentait sa patience s'émousser quand, enfin, le battant métallique s'entrouvrit. Les yeux lourds de sommeil, Taryn lui apparut vêtue d'un immense T-shirt blanc. Elle était pieds nus, décoiffée, irrésistible.

— Quelle heure est-il ? demanda-t-elle en étouffant un bâillement.

— Minuit.

Elle frotta ses yeux lourds de sommeil.

— Que se passe-t-il ? Je croyais que vous étiez à New York.

— J'en viens. Et je voulais vous montrer ça.

Il lui tendit l'*Inquisitor* et elle baissa les yeux.

— Que voulez-vous que je vous dise ? demanda-t-elle d'une petite voix. Je n'y suis pour rien.

— Non ? Alors qui est le coupable ? Moi ?

— Je n'ai pas dit ça... seulement, je ne pouvais pas savoir qu'il y avait un photographe.

— Ce n'est pas une excuse.

Elle releva la tête avec véhémence.

— Quelle différence ? Nous ne pouvons rien y changer, de toute façon.

— Non. Mais j'annule notre marché.

— Vous n'avez pas le droit. Quand nous l'avons conclu, la photo avait déjà été prise. Et j'ai tenu ma promesse. Depuis votre départ, je me conduis comme un ange !

— Un ange ne danse pas à moitié nu en public.

— Comment vouliez-vous que je sache qu'un photographe m'avait suivie ?

— Il n'y aurait jamais eu de photo si vous ne vous étiez pas déshabillée.

— Et alors ?

Cette fois, elle était parfaitement réveillée. Elle le défiait, des éclairs dans les yeux.

— C'est à cause d'Olivia que vous êtes dans cet état ? Ou parce que vous apparaissez sur la photo ?

— Je ne suis pas ravi de voir ma photo dans un torchon de ce genre, je ne vais pas vous dire le contraire. J'ai une réputation à préserver.

— Oh, désolée, railla Taryn. Je suis navrée que ma présence à vos côtés nuise à votre réputation.

— Ce n'est pas ce que je voulais dire.

— Je sais parfaitement ce que vous vouliez dire ! Vous êtes comme Olivia. Pour vous, je ne suis qu'une source de problèmes et vous n'avez qu'une envie, vous débarrasser de moi. Sur un autre continent, je ne pourrais pas nuire à votre carrière.

— Taryn...

— C'est ce que vous voulez ? Que je parte ?

— Non.

Josh la saisit par les épaules.

— Je ne veux pas que vous partiez.

— Alors qu'est-ce que vous voulez ?

Les yeux dans les yeux, ils s'affrontèrent et Josh se sentit faiblir. Elle était si jolie, si désirable... Tout à coup, ses griefs s'évanouirent et il ne pensa plus qu'à ce corps et ces lèvres qui avaient hanté ses rêves. Retenant son souffle, il se pencha vers elle. Elle ne se déroba pas. Au contraire. Avec un frémissement, elle se cambra vers lui et il sentit contre son torse le tendre renflement de ses seins. C'était si bon, mais il ne devait pas... il ne fallait pas. Ce fut sa dernière pensée rationnelle.

Comme un ouragan, la folie l'emporta et il cessa de réfléchir. Enivré par le parfum naturel de Taryn, il l'attira avec force contre lui et prit possession de sa bouche palpitante. Il éprouvait un désir inconnu, si violent qu'il se sentait prêt à tout pour découvrir ce corps qui se tendait vers lui, et le savourer jusqu'à l'épuisement.

Le souffle rauque, il glissa une main sous le T-shirt de la jeune femme et tressaillit au contact de sa peau nue et soyeuse, encore chaude du sommeil. Son désir s'enflamma. Il caressa fébrilement les jambes interminables, les seins provocants. Emporté par un torrent de sensualité, il embrassa le ventre plat et velouté. Quel corps parfait, modelé pour ses caresses...

Subitement, Taryn se rejeta en arrière et plongea ses yeux gris dans les siens. Il n'osa pas bouger. Les doigts fins de la jeune femme se posèrent sur son torse et elle se mit à dénouer sa cravate. Le cœur affolé, il la contemplait avec avidité.

Son visage fin, pointu comme celui d'un jeune chat, ses pommettes hautes et empourprées, son petit nez droit parsemé de minuscules taches de rousseur, ses lèvres entrouvertes... tout en elle le séduisait. Elle était magnifique, mais tellement différente de lui... Pourquoi l'attirait-elle comme un aimant? Quel pouvoir exerçait-elle sur lui? Une idée, absurde, se faufila dans son esprit. Etait-il en train de tomber amoureux?

— Etes-vous toujours fâché?

Elle avait déboutonné le haut de sa chemise et glissé une main chaude sur son torse.

— Non... non...

Comment aurait-il pu rester fâché alors qu'elle le rendait fou de désir?

— Je suis désolé, Taryn. Je sais que vous n'y êtes pour rien.

— Et puis ce n'est qu'une photo.

Elle eut un sourire triste et ajouta :

— Ce qu'ils racontent est faux, vous n'êtes pas mon amant.

Un silence, épais et oppressant, s'abattit entre eux. D'un mot, Taryn venait de les replonger dans la réalité.

— Mais je pourrais l'être, murmura Josh.

— Je ne sais pas...

Elle se mordit la lèvre et s'écarta.

— Cela va peut-être vous étonner, mais je ne veux pas agir impulsivement. Nous risquerions de le regretter.

Les yeux baissés, elle triturait nerveusement son T-shirt.

— Nous sommes si différents. Je ne suis pas sûre que nous devions franchir ce... cap.

Subitement, c'était elle qui perdait contenance. Josh s'en étonna, mais s'étonna encore plus de sa propre insistance.

— Cela ne constitue pas forcément un handicap.

— Si. Vous êtes tellement conservateur, autoritaire...

— Et vous, tellement insouciante et indisciplinée.

— Oui, et c'est bien pour cela que nous devons réfléchir. Je ne veux pas que nous démarrions sur de mauvaises bases.

Que voulait-elle dire? Qu'elle envisageait une relation durable? Totalement dérouté, Josh était incapable d'aligner deux pensées cohérentes. Il ne voyait que Taryn, sa cascade de boucles folles, ses grands yeux éperdus. Elle avait raison, il le savait. Mais à quoi cela servait-il, puisqu'il ne parvenait pas à refouler le souvenir excitant de la bouche parfumée qu'il avait embrassée, ni du corps nerveux qui s'était tendu fiévreusement vers le sien. Jamais il n'avait désiré une femme comme il désirait Taryn en cette seconde. Pourtant, au prix d'un effort surhumain, il sut céder à la raison.

— Quelle que soit votre décision, dit-il, je veux que vous sachiez que vous pouvez compter sur moi.

Elle acquiesça d'un petit signe de tête.

— Je vous crois. Maintenant... partez, je vous en prie. Il faut que je dorme. Je suis invitée à une émission de télévision mardi soir...

— Une émission de télévision?

— Oui. Je vais devoir parler de ma peinture et je suis dans un état de nervosité épouvantable.

— Voulez-vous que je vous accompagne?

Le visage de Taryn exprima tout d'abord la surprise. Puis, comme une huître, il se ferma.

— Pourquoi? demanda-t-elle d'un ton redevenu brutal. Vous voulez vous assurer que je me comporterai correctement?

— Arrêtez, s'il vous plaît. Je propose de vous accompagner pour vous soutenir, un point c'est tout.

Elle le dévisagea avec prudence.

— C'est vrai?

— Puisque je vous le dis. Et puis... si je dois poser pour vous, autant me familiariser tout de suite avec votre travail.

— Poser pour moi... vous voulez dire que vous voulez bien?

Josh n'eut pas le loisir de répondre. Avec fougue, Taryn se jeta à son cou et le projeta en arrière.

— Vous voulez bien poser pour moi? répéta-t-elle. Malgré ce qui s'est passé? Cette photo...

— O... oui.

— Oh, merci! Merci.

108

Elle couvrit son visage de baisers et la course de ses lèvres s'acheva tout naturellement sur celles de Josh pour un ultime remerciement. Lorsqu'ils se séparèrent, quelques secondes plus tard, il eut le sentiment de marcher sur un nuage et se demanda où il avait trouvé la force de s'arracher à la chaleur de cette étreinte. Ce qui s'était passé entre Taryn et lui était délicieux. Mais certainement aussi, source de graves ennuis.

Vers lesquels il fonçait tête baissée...

L'enseigne clignotante du Flynn attira le regard de Josh alors qu'il se garait sur le parking. Il était épuisé mais il savait aussi que la tension des derniers jours — et principalement de la dernière heure ! — l'empêcherait de fermer l'œil. Tendu, il regarda sa montre. 1 heure du matin. Avec un peu de chance, Garrett et les autres seraient couchés. Sa décision prise, il traversa la rue et, à peine la porte du Flynn poussée, s'arrêta. Hélas, loin d'être au lit, Bob et Garrett étaient assis au bar, en train de discuter avec Eddie. Josh hésita puis, avec une longue inspiration, se jeta dans la fosse aux lions.

— Salut.

— Josh !

Garrett lui serra la main et fronça les sourcils.

— Qu'est-ce qui t'arrive ? Tu fais une de ces têtes. Eddie... sers un verre à notre camarade avant qu'il nous fasse un malaise.

Docile, le barman posa un verre de bourbon devant Josh.

— Tiens, mon grand, avale, ça te fera du bien.

— Qu'est-ce que tu as ? lui répéta Garrett.

Avec difficulté, Josh se hissa sur un tabouret.

— Je reviens de New York et je suis crevé.

— Oh... et tu as voyagé sur l'aile ?

McCabe échangea avec Bob un regard ironique.

— Non, je te demande ça parce que... je ne t'ai jamais vu aussi débraillé.

Avec lassitude, Josh baissa les yeux sur sa cravate. Elle était dénouée et sa chemise entrouverte. Il allait se justifier quand Garrett lui glissa un journal sous les yeux.

— Tu te reconnais ? J'étais en train de dire à Bob et Eddie qu'ils avaient probablement pris une photo de ta tête et qu'ils l'avaient collée sur les épaules de quelqu'un d'autre. Ce ne peut pas être toi, en train de faire des cabrioles sur la plage avec Taryn Wilde.

Les oreilles bourdonnantes, Josh entendit à peine les rires qui répondirent aux paroles de Garrett, qui enchaîna :

— Quel effet ça te fait d'être une star de la presse à sensation ?

Josh se prit la tête entre les mains.

— Arrête. C'est une catastrophe.

— Hé, n'exagère pas, mon vieux. Quand elles vont voir ça, toutes les femmes vont être dingues de toi. Tu te rends compte, un type capable de séduire Taryn Wilde ?

— Tu ne peux pas savoir, Garrett. Cette fille est insaisissable. Mes cinq sœurs multipliées par dix ne lui arriveraient pas à la cheville.

— Elle n'a pourtant pas l'air dangereuse, remarqua Bob en jetant un coup d'œil à la photo.

— On voit bien que tu ne la connais pas.

Les doigts crispés sur son verre de whisky, Josh releva les yeux.

— Explique-moi comment tu fais.

— Pour ?

— Ne pas tomber amoureux.

— Oh...

Garrett hocha la tête avec une moue dubitative.

— Je pense que certains d'entre nous sont faits pour rester célibataires et puis... je n'ai pas rencontré la femme avec laquelle j'avais envie de passer ma vie.

110

— Oui, eh bien, tu as de la chance.

Le regard rivé sur les bouteilles alignées le long du miroir, Josh poussa un soupir à fendre l'âme.

— Le plus fou, c'est que j'arrive à penser que je pourrais faire ma vie avec elle, tu te rends compte ? Je me vois en train de payer sa caution chaque fois qu'elle ira faire un tour en prison, la regarder quand elle se déshabillera à la moindre provocation. Je m'imagine même en train de faire fuir ses anciens petits amis à coups de bâton. Tu imagines ? Et le pire, c'est que je ne peux pas m'ôter de la tête que je serais heureux avec elle.

— Tu délires, mon vieux. C'est le décalage horaire.

— Si seulement c'était vrai. Je ne suis plus moi-même. J'ai l'impression d'être dépassé par les événements.

Soucieux, Garrett l'observa en silence. Puis il lâcha d'une voix méconnaissable.

— Peut-être que c'est la bonne.

— La bonne quoi ?

— La femme de ta vie. Mais prends ton temps. Ne plonge pas la tête la première. L'eau pourrait être moins profonde que tu l'imagines.

Josh le regarda sans comprendre.

— Quelle eau ?

— L'eau de la piscine. Fais-moi confiance, je sais de quoi je parle. A force de m'être cassé la tête sur des relations superficielles, j'ai décidé de ne plus plonger sans réfléchir. Maintenant, je préfère rester assis autour de la piscine et apprécier le spectacle en attendant un bassin plus profond. Si tu vois ce que je veux dire.

— Non. Pas vraiment.

Glissant une main sur son bras, Garrett baissa la voix.

— Je veux dire que je sors avec un paquet de filles mais qu'il ne se passe rien.

— Tu te moques de moi ?

— Non, je suis sérieux. Une réputation ne reflète pas forcément la réalité, mon vieux. Mais...

Il se redressa avec un soupir las.

— J'apprécierais que tu gardes pour toi ce que je viens de te dire. Pour mes lecteurs, je dois rester un don Juan exalté.

Josh ne l'écoutait plus. *Une réputation ne reflète pas forcément la réalité.* Cette théorie s'appliquait-elle seulement à Garrett ? Ou aussi à Taryn ? Et dans cette hypothèse, quelle femme se cachait derrière l'incorrigible Taryn Wilde ? Etait-elle réellement cette fille légère et insouciante que la presse s'obstinait à dépeindre ? Ou une femme volontaire, désireuse de transformer ses rêves en réalité ?

Quelle que soit celle qui se dissimulait derrière la façade offerte au public, Josh sut — en dépit de tout bon sens — qu'il en était tombé fou amoureux. Et que rien ni personne ne pourrait effacer ce sentiment dévastateur que Taryn Wilde avait fait naître en lui.

6

— Bonsoir. Comme chaque mardi soir, votre hôte, Elsa McMillan, vous accueille avec un immense plaisir pour une nouvelle émission d'Art Exposed.

Crispée, Taryn jeta un coup d'œil à l'écran de contrôle. Lorsqu'elle y découvrit son visage, elle maudit en silence le réalisateur. C'était la première fois qu'elle participait à une émission télévisée, la première fois, surtout, qu'elle allait parler de ses prétentions artistiques en public. Et, bien qu'elle ait pris connaissance des questions qu'Elsa McMillan, une créature sophistiquée et glaciale, allait lui poser, elle se sentait horriblement mal à l'aise. Ce passage à Art Exposed était pour elle l'opportunité de s'affirmer en tant qu'artiste. Elle ne pouvait donc pas se permettre de rater sa prestation.

L'émission, qui se déroulait en direct depuis un studio de Beverly Hills, n'était pas ouverte au public, et Elsa était seule avec ses invités. A l'exception des techniciens et, ce soir, d'une personne cachée dans l'ombre des caméras.

Josh.

Comme promis, il était passé la chercher et, tout au long du chemin jusqu'aux studios, s'était attaché à rendre à la jeune femme quelque confiance en elle. Avec succès. Comment réussissait-il ce prodige, mystère, mais le fait était là : il la rassurait. Et leur dernier baiser semblait avoir modifié leur relation. Comme si, depuis, ils apprenaient à se respecter. Le lendemain de son retour de New York, Josh l'avait invitée à dîner et s'était montré beaucoup plus à l'aise avec elle, presque tolérant.

Elle en était à ce point de ses réflexions quand la voix nasillarde d'Elsa McMillan la fit sursauter.

— Ce soir, notre émission promet d'être passionnante. J'ai le plaisir de recevoir sur ce plateau, mademoiselle Taryn Wilde, membre d'une grande famille hollywoodienne, et promise à un brillant avenir artistique.

Persuadée d'être déjà dans le champ de la caméra, Taryn se composa son plus joli sourire. Vêtue de noir, ses cheveux couleur aile de corbeau coupés au carré, Elsa McMillan était terriblement austère et impressionnante. Sans lui prodiguer l'ombre d'un encouragement, elle se détourna de Taryn et passa à l'invité suivant.

— Nous avons également avec nous ce soir Data Rewind. M. Rewind est l'un des artistes les plus étonnants de L.A. Il joue actuellement au Théâtre X et nous parlera de sa pièce, *Le Journal des singes*.

Filiforme, Data dissimulait ses yeux derrière d'énormes lunettes de soleil. Comme Elsa, il était vêtu de noir de la tête aux pieds et Taryn se demanda furtivement si elle n'avait pas commis une erreur en choisissant son boléro rayé et sa longue jupe multicolore. Sans doute n'était-ce pas très discret, mais elle raffolait des couleurs vives. Et puis, elle était venue pour qu'on la remarque, pas pour se fondre dans l'anonymat. Comme elle se convainquait de la justesse de son choix, son regard se posa sur le troisième et dernier invité.

Assis à la gauche d'Elsa, il surveillait de près les toiles posées contre sa chaise. Taryn n'avait jamais entendu parler de lui, mais ne s'en étonnait pas. Le monde de l'art de L.A. lui était totalement inconnu. Etait-il propriétaire de galerie? Conservateur de musée? En tout cas, il était affreux. Avec sa tête minuscule et chauve perchée sur un corps épais et ses yeux de fouine, il lui faisait penser à une tortue.

— Je crois qu'il est inutile de présenter notre dernier invité, reprit Elsa de sa voix précieuse. Edwin St Andrews, l'un des plus grands critiques d'art de ce pays dont vous pouvez lire chaque jour les pertinents articles dans le *Los Angeles Post*.

Le cœur de Taryn s'arrêta de battre. Edwin St Andrews... l'Exécuteur. Celui qui pouvait d'un mot, ou d'un silence, casser une carrière.

— Mademoiselle Wilde, commença Elsa en se retournant vers elle.

Le regard condescendant de St Andrews suivit celui de la présentatrice et la jeune femme sentit ses forces l'abandonner. Puis, dans l'ombre, elle devina la présence réconfortante de Josh et releva la tête.

— Oui ?

— Quand et comment avez-vous commencé à peindre ?

Taryn essuya discrètement ses mains moites sur sa jupe, puis elle s'éclaircit la gorge.

— Le goût de la peinture m'est venu très jeune. Toute petite, déjà, je passais des heures à mélanger des couleurs...

— Dommage que personne ne vous ait arrêtée.

La remarque de St Andrews jeta un froid. Déstabilisée, Taryn capta le sourire amusé d'Elsa McMillan. Il était évident qu'elle ne pouvait attendre aucun secours de sa part. Après une hésitation, elle reprit la parole en braquant ses yeux clairs sur Edwin.

— J'ai commencé à peindre dès l'âge de sept ans, puis j'ai laissé mes pinceaux à la mort de mes parents. C'est une amie, plus tard, qui m'a convaincue de les reprendre...

— Vous devriez me donner son nom. J'irais la châtier pour avoir eu si peu de jugeote.

St Andrews accompagna sa remarque d'un regard méprisant, mais Taryn ne cilla pas. Curieusement, ses attaques lui redonnaient de l'assurance et elle se promit de ne pas céder à la panique.

— J'ai passé un an à Paris, reprit-elle d'une voix étonnamment posée. Là-bas, j'ai travaillé avec Henri Lescault. Il m'a beaucoup appris et surtout...

Elle marqua un temps d'arrêt.

— Il m'a lui aussi encouragé à continuer.

La réaction de St Andrews ne se fit pas attendre.

— Henri Lescault est un excellent professeur pour les peintres en bâtiment.

Malgré ses résolutions, Taryn sentit sa confiance vaciller. Pourquoi ce crapaud s'acharnait-il contre elle ? Ils ne s'étaient jamais vus et elle était certaine qu'il n'avait jamais aperçu une seule de ses toiles.

— Henri enseignait à la Sorbonne. Ce... c'est un peintre très respecté qui m'a beaucoup influencée au début de ma carrière.

— S'il avait autant d'influence que vous le dites, pourquoi ne vous a-t-il pas suggéré de laisser tomber ? Il est évident que vous n'êtes pas faite...

— Ça suffit !

L'ordre brutal claqua dans le studio comme une détonation. Avec un sursaut, Elsa tourna la tête pour en chercher l'auteur tandis que Data se redressait avec inquiétude. Seul Edwin St Andrews resta de marbre. Pressentant une catastrophe imminente, Taryn pria le ciel pour que cette voix ne soit pas celle de Josh. Lorsqu'il sortit de l'ombre avec une expression furieuse, elle sut que sa prière n'avait pas été exaucée.

— Arrêtez l'enregistrement, intima-t-il.

Sa voix était glaciale et Taryn s'affola. Etait-il devenu fou ? Il n'allait pas provoquer un scandale ! Pas lui ! Incapable de maîtriser la course folle de son cœur, elle écouta en frémissant la réponse d'Elsa.

— Je suis désolée, cher monsieur, mais nous sommes en direct. Par contre, si vous voulez nous donner votre opinion sur la peinture de mademoiselle Wilde...

— Avec plaisir.

— Josh ! le supplia Taryn quand il passa devant elle. Je vous en prie...

— De quoi me priez-vous ? D'abonder dans son sens ?

Il se retourna vers Edwin et le fusilla du regard.

— Comment osez-vous traiter les gens avec autant de mépris ?

— Nous sommes en direct, Josh. Je vous en supplie...

— J'exige qu'il vous fasse des excuses. Je ne resterai pas ici une seconde de plus à écouter ce bouffon vous insulter !

Piqué au vif, Edwin bomba son torse rond.

— Je n'insulte personne. Mademoiselle Wilde n'a qu'à apprendre son métier.

— Taisez-vous !

Dans un geste menaçant, Josh pointa un doigt sur lui.

— Vous n'êtes qu'une grosse limace prétentieuse et vous ne connaissez rien à l'art. Taryn est une artiste brillante.

Elsa étouffa un petit rire. Près d'elle, le critique avait pâli.

— Et vous... vous n'êtes qu'un odieux personnage mal embouché...

Josh ne lui laissa pas le temps de formuler en son entier sa charmante opinion. En trois enjambées, il se précipita sur le plateau, attrapa une toile posée contre la chaise d'Edwin et l'abattit froidement sur son crâne chauve. Pendant une fraction de seconde, un silence écrasant plana sur le studio. Hébété, la toile autour du cou, le critique du *Post* ouvrait la bouche comme un poisson hors de l'eau mais pas un son ne franchissait ses lèvres. Elsa McMillan semblait paralysée. Quant à Data, il était le seul à réagir en poussant des petits cris.

Josh se tourna alors vers les caméras.

— Voilà ce que l'on appelle de l'art, dit-il en désignant Edwin et sa toile en collier.

— Vous... je...

Ecarlate, le critique explosa.

— Vous... vous n'êtes qu'un vandale ! Une sale brute ! Elsa, appelez la police ! Je veux que l'on arrête cet homme ! Tout de suite !

Elsa fit de grands signes pour que les caméras se tournent vers elle.

— Nous poursuivrons ce débat après notre page de publicité, dit-elle précipitamment, ne sachant si elle devait rire ou pleurer.

— Il n'y a pas de page de pub, cria quelqu'un sur le plateau.

— Alors, coupez ces caméras! Vite!

Taryn ferma les yeux avec un gémissement. En une seconde, Josh avait anéanti tous ses espoirs. A peine éclose, sa carrière d'artiste venait de s'achever dans un scandale. Irréparable.

— Comment avez-vous pu faire une chose pareille?

Penaud, Josh baissa les yeux pour échapper au regard accusateur de Taryn. Depuis une heure, il avait dû se poser la même question une bonne centaine de fois. Quelle mouche l'avait piqué? Comment avait-il pu perdre la tête au point d'écraser une toile sur la figure d'Edwin St Andrews, le tout devant des caméras de télévision?

Il se revoyait encore, dans l'ombre du studio, écoutant avec une colère grandissante les attaques répétées du critique. Et il avait perdu le contrôle de lui-même, volant au secours de Taryn comme Tarzan s'élançait à celui de Jane. Seulement, il n'était pas Tarzan et elle n'était pas Jane. Et ils ne se trouvaient pas dans la jungle, sous le seul regard d'un chimpanzé...

Terrassé par la honte, il releva lentement la tête. Depuis leur rencontre, c'était la seconde fois qu'il voyait Taryn à travers des barreaux. A une différence près. Cette fois-ci, c'était lui qui se trouvait du mauvais côté. Conformément à sa promesse, Edwin St Andrews avait porté plainte pour que ce voyou — à savoir lui! — soit jeté en prison.

Josh se demanda s'il n'était pas en train de devenir comme Taryn, impulsif, incontrôlable. Mais avait-il eu le choix? Ce type l'avait insultée, avait dénigré son travail.

Poussé dans ses retranchements, il n'avait pas eu d'autre issue que de se jeter sur lui pour faire cesser le massacre. Le désir de protéger Taryn avait été plus fort que tout et il avait agi conformément à ses principes. Malheureusement, compte tenu du résultat, il doutait du bien-fondé de sa réaction.

— Vous savez quelle répercussion votre geste va avoir sur ma carrière, Josh ? Edwin St Andrews est le plus grand critique d'art de Los Angeles et de toute la côte Ouest.

— C'est un prétentieux mal élevé, se défendit Josh. Il vous a traitée comme une moins que rien.

Elle s'écarta brutalement des barreaux.

— Mais vous n'avez rien compris ! Cela fait partie de son personnage ! Il est comme ça avec tout le monde.

— Oui, eh bien, c'est possible, mais moi, je ne supporte pas ces manières.

— Et parce que vous ne les supportez pas, vous vous jetez sur lui comme un fou ? Alors que j'étais en train de le manœuvrer ?

— Vous le manœuvriez ?

Josh ne put retenir un rire cynique.

— Vous vous laissiez insulter, oui ! Je vous voyais bien.

— Je n'ai pas besoin que l'on me surveille, lui répondit froidement Taryn. Edwin a descendu en flammes quelques-uns des meilleurs artistes de ce pays. S'il pensait que je ne valais rien, il n'aurait même pas pris la peine de m'attaquer en direct à la télévision.

Désarçonné par le raisonnement, il eut une seconde d'hésitation. Puis haussa les épaules.

— C'est ridicule.

— Vous feriez mieux de reconnaître que vous ne connaissez rien au monde de l'art.

Elle paraissait anéantie. Et Josh se mit à douter. Il avait voulu l'aider, lui montrer qu'il était là pour la soutenir dans l'épreuve. Et résultat ? Elle le méprisait, lui jetait à la figure son incapacité. Arriverait-il un jour à ne plus agir à contre-courant ? A faire ce qu'il fallait, quand il le fallait ?

— Ecoutez, dit-il en essayant de surmonter son embarras. Si j'ai fait ça, c'est parce que... parce que j'admire votre travail. Et que ce prétendu critique d'art avait grand besoin d'être remis à sa place.

— Et vous croyez que votre attitude va arranger les choses ? Il est pire qu'un éléphant, il n'oublie jamais rien et il fera tout pour briser ma carrière. Maintenant, quand les gens parleront de ma peinture, ce sera pour se rappeler le scandale d'Art Exposed.

La voix de Taryn se cassa et Josh voulut prendre sa main. Mais elle le repoussa avec dureté.

— Laissez-moi.

— C'est absurde. Tous ceux qui ont regardé cette émission seront de votre côté.

— Non ! Ils écouteront Edwin.

Des larmes perlaient sur ses longs cils dorés et la vision de son chagrin bouleversa Josh.

— Je... je suis désolé. J'essayais simplement de vous aider. Ne pleurez pas, je vous en prie.

— Je ne pleure pas, dit-elle en reniflant. Mais vous allez regretter autant que moi ce que vous avez fait. Olivia va être furieuse.

Josh se sentit pâlir. Olivia... il l'avait complètement oubliée. Les nominations devaient être annoncées le lendemain et il venait de commettre l'erreur la plus irréparable. Taryn le rassura avec un rire nerveux.

— Ne vous inquiétez pas. Elle trouvera sûrement le moyen de tout me mettre sur le dos.

— Monsieur Banks ?

Comme un automate, Josh se tourna et regarda l'officier de police qui venait de faire irruption dans le couloir mal éclairé.

— Oui ? Qu'y a-t-il ?

— Nous avons interrogé Mlle McMillan et M. Rewind. Il en ressort qu'Edwin St Andrews a délibérément tenu des propos désobligeants envers Mlle Wilde. Il consent à retirer sa plainte à condition que vous lui fassiez des excuses et que vous remboursiez le tableau.

Une vague de soulagement submergea Josh et il se laissa aller un court instant contre les barreaux. Le pire avait été évité. Avec un peu de chance, l'affaire serait vite étouffée et Olivia n'en saurait rien. A condition qu'aucune bonne âme ne vienne lui raconter le déroulement d'Art Exposed en détail !

— C'est bon, fit-il en redressant la tête. Dites à M. St Andrews que je serais heureux de lui présenter mes excuses et que je lui enverrai un chèque pour son tableau.

Il regarda coulisser la porte puis sortit dans le couloir. Taryn l'arrêta aussitôt.

— Vous allez vous excuser ?

Sa voix, brutale et agressive, étonna Josh qui répondit.

— Oui. Je n'ai aucune envie de passer la nuit en prison.

— Cela ne vous aurait pourtant pas gêné de m'y laisser, il n'y a pas si longtemps.

— Ne vous amusez pas à faire ce type de comparaison douteuse, s'il vous plaît.

Il voulut avancer mais elle l'immobilisa de la main.

— C'est possible, lui dit-elle, seulement moi, je ne me suis pas abaissée à faire des excuses à ce photographe et à lui payer son appareil. Et il n'a pas pour autant porté plainte. Il ne faut jamais céder face à des gens comme Edwin.

— Non mais, attendez... vous vous moquez du monde ? Il y a cinq minutes, vous me faisiez une scène parce que j'avais frappé St Andrews, qu'à cause de moi votre carrière était fichue et maintenant, vous ne voulez pas que je m'excuse ?

— Cela n'a rien à voir.

— Comment, cela n'a rien à voir ?

Josh la regardait, interloqué. A l'écouter, il faisait toujours tout à l'envers. A tel point qu'il commençait à se demander si elle ne faisait pas exprès de le contredire dès

121

qu'il levait le petit doigt. Son incompréhension, alors, se mua en colère noire.

— Vous savez pourquoi le photographe de l'*Inquisitor* n'a pas porté plainte ? Parce que votre grand-mère m'a demandé de le payer pour qu'il se taise.

Sous le choc de la révélation, Taryn vacilla. Il y eut un silence puis elle demanda d'une voix sourde.

— Qu'avez-vous dit ?

— J'ai dit, répéta-t-il en détachant sciemment chacun de ses mots, que j'avais payé ce photographe pour qu'il ne porte pas plainte.

— Espèce... espèce de salaud !

Elle leva la main pour le frapper mais les doigts fermes de Josh se refermèrent sur son bras.

— Taryn...

— Taisez-vous. Ramenez-moi à la maison et partez ! Vous entendez ? Je ne veux plus vous voir. Jamais !

Dans une volte-face précipitée, elle s'enfuit dans le couloir et Josh se retrouva seul. Assommé. Dérouté.

La nuit était froide et sinistre. Lorsqu'ils sortirent du commissariat, ils rejoignirent sans échanger un mot la Volvo garée sur le parking. Josh se sentait vidé de toutes ses forces. Taryn s'était enfermée dans un mutisme glacial et il cherchait désespérément un mot pour se justifier. Mais que pouvait-il dire ? Rien, si ce n'était qu'il se sentait réellement désolé et qu'il n'avait jamais cherché un seul instant à la blesser. Pourquoi lui avait-il parlé de ce photographe ? Il n'aurait jamais dû lui révéler la vérité. Il en avait conscience, mais elle l'avait poussé à bout. Elle parvenait tant et si bien à lui faire perdre ses repères qu'il en arrivait parfois à se demander qui il était. Et malgré tout, il était incapable de se détacher d'elle. Etait-ce cela, l'amour ?

Taryn n'avait pas desserré les dents quand il gara sa voiture à une cinquantaine de mètres de l'entrepôt. Il n'eut pas le temps de réagir. Avant même qu'il coupe le moteur, elle avait ouvert sa portière et filé.

— Attendez !

Elle ne lui répondit pas. Alors il s'élança derrière elle et la rejoignit, essoufflé, à la porte de l'entrepôt.

— Taryn.

— Laissez-moi tranquille.

Il la prit fébrilement par le bras.

— Vous allez m'écouter ?

Elle secoua la tête, lâchant dans un souffle pathétique.

— Je vais partir, quitter Los Angeles.

Puis, sans un regard, elle poussa la porte et s'engouffra dans le hall. Désemparé, Josh voulut la retenir mais le lourd battant se referma sur elle avec un claquement sec. Définitif.

— Taryn...

Il sentit le froid glacé de la peur s'insinuer dans ses veines. Elle ne pouvait pas le quitter comme cela, c'était impossible ! Mais que faire ? La rejoindre ? Ou attendre qu'elle revienne à de meilleurs sentiments ? Déchiré entre le désir de la serrer entre ses bras et la certitude qu'il valait mieux lui laisser le temps de se calmer, Josh glissait tout doucement vers l'impasse. Puis il se ressaisit et prit sa décision. Il allait lui accorder la nuit. Mais demain, il reviendrait et l'obligerait à l'écouter. Ils ne pouvaient plus continuer ce jeu du chat et de la souris. La situation devait être clarifiée et, pour y parvenir, il faudrait que tous deux affrontent la réalité.

La réalité des sentiments.

Taryn se sentait aussi épuisée que si elle avait couru un marathon. Effondrée sur son canapé, elle revivait chaque seconde de la terrible soirée qui venait de s'écouler. Le plus incroyable était que l'épisode avec Edwin lui paraissait mineur en comparaison de la douleur qu'elle éprouvait quand elle pensait à Josh. Follement, elle avait fini par croire en ses chances avec lui. Mais ce qui s'était passé brisait net tous ses espoirs.

Bien sûr, les sentiments qu'elle éprouvait pour lui étaient sincères et ne ressemblaient en rien à ceux qu'elle avait pu éprouver dans le passé. Et elle en était venue à se persuader de l'impensable : elle ressentait pour Josh les prémices de l'amour. Tout en sachant que, à tout moment, une catastrophe pouvait surgir et balayer tous ses rêves. L'incident de la soirée en était la preuve irréfutable.

Et l'évidence s'imposait, cruelle. Elle ne pouvait pas aimer Josh Banks. A son contact, elle se fanerait comme une fleur dans le désert. Il avait déjà détruit toutes ses chances de mener une carrière artistique. Que devrait-elle encore abandonner pour le suivre ?

Il ne lui restait plus qu'une issue. La fuite. Rester à L.A. reviendrait à courir au désastre. Avec l'éloignement, peut-être parviendrait-elle à l'oublier. Mais aller où ? Il était hors de question qu'elle retourne en Europe. Elle avait tiré un trait sur son passé. Alors que lui restait-il ?

Avec un soupir qui se mua en sanglot, Taryn ferma les yeux. Combien de minutes, d'heures, resta-t-elle prostrée, au creux du canapé ? Elle perdit toute notion du temps et s'étonna quand, brusquement, des craquements se firent entendre à sa porte. Etait-ce Josh, qui avait décidé de venir poursuivre une discussion stérile ? Josh, qui revenait la harceler ? Dans sa poitrine, son cœur s'était emballé et elle marcha à pas de loup vers l'entrée. Puis, discrètement, elle regarda par le judas et étouffa un cri.

Berti !

Que venait-il faire ici à une heure pareille ? Tirant aussitôt le verrou, elle lui ouvrit la porte.

— Que se passe-t-il ?

— Ma chérie !

Comme une tornade, Berti entra, l'embrassa du bout des lèvres et pénétra dans l'atelier.

— Je suis venu chercher mes affaires.

— Pourquoi ? Tu veux t'installer chez Margaux ?

— Chez cette mégère ?

Il se retourna et repoussa sa mèche avec un air de mépris.

— Plutôt mourir. Elle n'a pas cessé de me dire que je la rendais folle. Alors que c'est elle qui me rendait dingue !

— Berti, que s'est-il passé ?

— Oh, rien. Simplement, madame n'a pas apprécié que je fasse des emplettes à télé-achats avec sa carte de crédit. J'avais pourtant trouvé une chose exquise, une petite statue de chien rose pâle, avec des yeux de cristal. Maman l'aurait adorée. Mais les femmes françaises ont du goût. Pas comme les Américaines.

Appuyée à la porte, Taryn regarda Berti avec lassitude.

— Je comprends ton désappointement mais ça ne me dit pas pourquoi tu viens chercher tes affaires. Tu repars en France ?

— Ah, ah !

— Ah, ah, quoi ?

— Tu ne devineras jamais.

— Alors dis-moi tout de suite. Ça nous évitera de perdre du temps.

— Tu ferais mieux de t'asseoir...

— Berti.

Elle lui lança un regard sombre et il obtempéra.

— Bon. Figure-toi qu'il y a quelques jours, je suis retourné au poste de police où tu avais été arrêtée...

— Tu as eu des problèmes ?

— Non... non.

Il secoua la tête puis il joignit les mains avec une expression ravie.

— Tu ne vas pas me croire.

— Je suis prête à tout entendre mais dépêche-toi. Je suis fatiguée.

— Alors écoute, et tiens-toi bien. Il m'est arrivé une chose... extraordinaire. Tu te souviens de la femme policier que nous avions rencontrée ?

— Oui.

— Elle s'appelle Julie Knowles et je lui ai demandé de venir en Europe avec moi.

— Tu lui as demandé quoi ?

Le cri de Taryn se répercuta contre la verrière.

— De venir en Europe avec moi, répéta calmement Berti. Tu ne peux pas savoir. Cette fille est incroyable. Elle est capable d'assommer un homme d'un seul revers de la main.

Héberluée, elle le regarda comme s'il venait de tomber du ciel.

— Tu plaisantes ?

— Pas du tout !

Il frappa dans ses mains et elle crut un instant qu'il allait se mettre à sautiller.

— J'ai rencontré la femme de mes rêves, Taryn ! Le sergent Knowles, du département de police de Beverly Hills, matricule 769. Ça en jette, non ?

— Mais... tu la connais à peine.

— Quelle importance, puisqu'elle a volé mon cœur.

Volé son cœur ! Berti était devenu fou.

— Cela ne va jamais marcher. Et puis pense à cette pauvre fille. Dès que tu te seras lassé d'elle, elle se retrouvera seule dans un pays étranger. Tu ne peux pas lui faire ça.

— Je ne me lasserai jamais. Et si c'était le cas, ajouta-t-il avec un petit rire, elle serait capable de me casser les deux jambes. Ou les bras. Peut-être même les deux. Oh, Taryn !

Il soupira avec extase.

— Je suis sûr que c'est le genre de femme qui ravira maman.

Stupéfaite, Taryn hochait la tête comme un automate.

— Si tant est qu'une femme puisse plaire à ta mère, pourquoi pas.

Elle n'en croyait pas ses oreilles. Puis, tout à coup, l'aventure de Berti lui entrouvrit un nouvel horizon. S'il était capable de tomber amoureux d'une femme si différente de lui — le sergent Knowles était une véritable extraterrestre si elle la comparait aux créatures sophistiquées qui

126

peuplaient l'univers de Berti —, d'une femme qui n'était, a priori, pas faite pour lui, eh bien, pourquoi, elle, ne pourrait-elle pas aimer Josh? Après tout, ils étaient peut-être plus proches l'un de l'autre que ce sergent l'était de Bertrand-Remy Ducharme?

— Tu n'es pas en colère?

— En colère?

Refoulant ses pensées utopiques, Taryn regarda Berti avec attendrissement.

— Si tu as vraiment trouvé la femme de ta vie, comment veux-tu que je le sois?

— Surtout que, comme ça, je vais te laisser tranquille.

Avec un clin d'œil, Berti vint la prendre dans ses bras et l'enlaça avec chaleur.

— Tu vas me manquer, Taryn.

— Toi aussi, tu vas me manquer.

Taryn ne mentait pas. Au bout de deux ans, elle avait fini par s'habituer à Berti et à son caractère fantasque.

— Quand partez-vous?

— Demain matin, aux aurores. Tu te rends compte? Julie et Berti vont s'envoler pour Paris! Et tous les membres de la brigade vont nous accompagner à l'aéroport en voiture de police.

— Je te souhaite tout le bonheur du monde, Berti.

Et elle, n'y avait-elle pas droit?

Ce soir-là, lorsqu'elle referma la porte de sa chambre, Taryn se sentit pour la première fois depuis des années aussi seule et abandonnée que dans sa petite enfance. Assaillie par un flot de souvenirs, elle s'allongea sur son lit et demeura dans le noir, le regard rivé sur le plafond éclairé par les lueurs de la rue. Pourquoi n'avait-elle pas le droit de se sentir en paix? Elle avait beau lutter, son passé semblait toujours vouloir la rattraper et rouvrir ses blessures.

Avec résignation, elle ferma les yeux et attendit que la peur l'envahisse. Cette peur éprouvée chaque fois que ses parents l'avaient quittée, jusqu'à ce jour, terrible, où ils avaient trouvé la mort. Cette peur qui l'avait poursuivie en Suisse, dans cette horrible pension, où elle avait affronté la solitude quand ses amies retrouvaient pour les vacances la chaleur d'un foyer.

Meurtrie par ces épreuves, Taryn s'était juré de ne plus jamais connaître cette douleur et s'était entourée de relations innombrables. Mais aujourd'hui, elle n'avait plus personne. A moins qu'elle puisse compter sur Josh, qui lui donnerait... si elle le désirait... Non, rien! Elle ne voulait rien de lui!

Avec un tressaillement, elle rejeta de toutes ses forces la perspective d'une relation et attendit les larmes.

Mais rien ne se produisit.

Tout d'abord, elle s'en étonna. Puis tenta de trouver une explication rationnelle. Etait-il possible que la vie l'ait mûrie et qu'elle soit enfin capable d'assumer la solitude et la douleur qu'elle engendrait? Incrédule, elle se redressa et prit un oreiller qu'elle serra contre sa poitrine.

— Je n'ai plus peur, dit-elle une première fois, hésitant avant de répéter d'une voix plus forte. Je n'ai plus peur.

Elle attendit encore sans ressentir aucune angoisse, aucune incertitude. Le miracle s'était-il finalement produit? Allait-elle enfin pouvoir avancer seule, trouver sa place dans le monde en laissant derrière elle les doutes et les craintes de son enfance? Etait-elle prête à se construire une nouvelle vie?

Avec un sanglot étouffé, Taryn se renversa sur son lit. Cette force nouvelle n'était-elle pas qu'un leurre, parce qu'elle espérait encore, follement et contre toute raison, gommer les différences qui l'éloignaient de Josh?

7

Une atmosphère particulièrement bruyante régnait dans la salle de rédaction du *Los Angeles Post*. Après avoir cherché Garrett dans sa chambre, à Bachelor Arms, puis au Flynn, Josh avait dû se résoudre à passer au journal. Il commençait à désespérer de trouver son bureau quand une bonne âme lui expliqua le moyen de se repérer parmi les alignements interminables des box. Malheureusement, quand il toucha au but, celui de McCabe était vide.

Dépité, il regarda autour de lui. Il régnait dans la pièce un incroyable capharnaüm. Même les chaises disparaissaient sous des piles de magazines. Pour passer le temps, Josh en prit un au hasard et se mit à le feuilleter distraitement. C'était un catalogue de lingerie féminine. Et peu à peu, au fil des pages, son intérêt s'accrût. Les ravissants dessous, présentés par des filles superbes, lui rappelaient Taryn à Zuma Beach. Il la revit, dansant autour de lui dans son adorable parure de soie rouge, éclatante de beauté et de vie. Et il songea que, sans la promesse qui le liait à Olivia, il aurait pu ce jour-là s'élancer avec elle dans les vagues et goûter au plaisir de la liberté, de la passion...

— Vous cherchez McCabe ?

Arraché à ses pensées, Josh releva la tête. Sur le seuil, un jeune homme souriait, les yeux fixés sur le magazine.

— Elles sont mignonnes, n'est-ce pas ?

Comme un enfant pris en faute, Josh jeta le catalogue sur le bureau.

— Je... je suis un ami de Garrett. Vous savez où il est ?

Le jeune garçon entra et lui serra la main.

— Alex Armonstrong, du service des sports.

Avec son visage maigre et ses problèmes d'acné, il paraissait terriblement jeune.

— Enchanté...

— En fait, je m'appelle Alvin, reprit-il en sautillant avec nervosité d'un pied sur l'autre. Mais Alex sonne mieux, cela fait plus... viril. Je suis en train de faire un sondage sur l'importance des noms. Je crois que c'est la décision la plus importante qu'un reporter ait à prendre, vous ne trouvez pas ?

Josh le dévisageait avec curiosité.

— Si...

— Je veux dire, c'est difficile de réussir dans le monde du journalisme. Je dois faire attention à mes gestes, à la façon de m'habiller, à ma voix. J'ai beaucoup travaillé ma voix. Je pense qu'elle est assez autoritaire, maintenant.

— Armonstrong, arrête d'ennuyer mon copain !

La silhouette imposante de Garrett se dessina dans l'encadrement de la porte.

— Rowdy te cherche. Il a besoin de la liste du programme des Lakers depuis l'année dernière. Et s'il t'envoie chercher des sandwichs, ramène-m'en un par la même occasion... pain de seigle et jambon.

— Pain de seigle et jambon, répéta le jeune garçon d'un air entendu. Avec de la moutarde mais pas de mayonnaise, c'est ça ?

— Impec, petit.

Alvin sourit et se retourna vers Josh.

— Ravi de vous avoir connu. Et merci pour le conseil.

— De rien...

Perplexe, Josh lui adressa un petit signe de tête et

ouvrit la bouche pour l'avertir. Trop tard. Sans regarder où il allait, Alvin pivota et rentra droit dans le mur. Il rebondit, se frotta le front et bredouilla.

— Ex... cusez-moi.

Puis il quitta les lieux, accompagné par les lamentations de Garrett.

— Quelle plaie ! Il y a des jours où j'ai envie de lui tordre le cou. Il déborde tellement d'enthousiasme que ça en devient insupportable. A côté de lui, j'ai l'impression d'être un vieux croûton. Tu crois que j'ai été comme lui ?

Malgré son humeur sombre, Josh eut du mal à retenir un sourire.

— Probablement.

— Eh bien, ce n'est pas encourageant, grommela Garrett en se penchant pour débarrasser les chaises. Qu'est-ce qui t'amène ici ? Bachelor Arms a brûlé ?

— Non.

Il releva les yeux avec un affolement comique.

— J'ai été cambriolé ? C'est ça ? Oh, non... j'en étais sûr. Juste au moment où j'allais demander à Amberson de remplacer cette fichue serrure.

— Garrett, je suis venu te demander un service.

— Oh...

McCabe se laissa tomber dans son fauteuil.

— Tu peux compter sur moi, mon vieux. Surtout s'il s'agit d'une femme.

— J'ai besoin que tu me présentes à Edwin St Andrews.

— Ce vieux crétin ? Mais pourquoi ?

— Eh bien, parce que... parce que nous avons à discuter d'une affaire importante.

— Quelle affaire ?

— C'est personnel.

Gêné, Josh échappa au regard insistant de son ami.

— En fait, il s'agit de la dernière émission d'Art Exposed. Tu en as entendu parler ?

L'éclat de rire de Garrett le glaça.

— Si j'en ai entendu parler ? Mais tout le monde en a entendu parler. Edwin est fou furieux. Moi, je t'avouerais que je suis plutôt content que ce type lui ait fracassé la tête...

Il s'interrompit brusquement.

— Josh ?

— Oui.

— Ne me dis pas que c'est toi...

— Si. Je... je ne sais pas ce qui m'a pris.

Horrifié, Josh avait passé la nuit à ressasser les événements de cette horrible soirée.

— Bon sang, souffla Garrett.

Stupéfait, il hochait la tête comme un lapin mécanique.

— Tu vas devenir une vedette.

— J'ai surtout un sérieux problème à régler.

Et, ce matin, Josh doutait d'y parvenir. D'accord, il avait accepté de rembourser le tableau et de faire ses excuses à St Andrews. Mais cela suffirait-il à amadouer ce sauvage prétentieux ? Il avait bien une idée, mais... si elle ne marchait pas ? Si malgré tous ses efforts, Edwin ne voulait rien entendre ? S'il s'acharnait sur Taryn ? Elle quitterait Los Angeles et tout serait terminé.

La réponse de Garrett acheva d'anéantir ses espoirs.

— Je suis désolé mais... j'ai peur de ne pas pouvoir t'être d'une grande aide.

— Pourquoi ?

— Parce que...

McCabe eut un sourire gêné.

— ... nous ne sommes pas en très bons termes, Edwin et moi. Le mois dernier, j'ai pris la petite guillotine à cigares qu'il garde sur son bureau et je l'ai utilisée pour trancher la tête de mes sardines en boîte. Le mois d'avant, j'avais changé toutes ses mémoires de téléphone et je les avais programmées sur le numéro 1-9-00-Lèvres chaudes.

— Oh...

Résigné, Josh retira ses lunettes et se passa une main devant les yeux.

— Je suis vraiment désolé.

— Ce n'est pas grave. Tu pourras peut-être m'indiquer où se trouve son bureau, faute de mieux ?

— Oh, pour ça, pas de problème. Tu sors, tu tournes à droite, tu passes deux rangées et c'est le troisième box sur la gauche. Juste à côté du poster de Mona Lisa avec la moustache et les sourcils de Groucho Marx. C'est moi qui l'ai mis là, exprès.

Josh repoussa sa chaise, avec autant d'entrain que s'il partait pour le peloton d'exécution.

— Merci.

— De rien, mon vieux, c'est de bon cœur. Et si tu as besoin d'aide, hurle. Je courrai à ta rescousse.

Garrett lui fit un clin d'œil.

— J'espère que Taryn Wilde en vaut la peine.

Elle valait bien plus que cela. Mais Josh ne prit pas la peine de le préciser. La démarche raide et mécanique, il quitta le bureau puis tourna sur sa droite. Et au fur et à mesure de son avance, son angoisse augmenta. N'allait-il pas tout simplement réussir à rendre la situation encore plus désastreuse ? Le seul point positif était qu'il voyait mal comment elle aurait pu l'être. Taryn avait envisagé de quitter L.A. Pour lui, rien n'était plus terrible que cette perspective. Il ne lui restait donc qu'à jouer le tout pour le tout.

Lorsqu'il aperçut le poster de Mona Lisa, il s'arrêta et prit sur lui pour ne pas faire demi-tour. « Vas-y, se dit-il en guise d'ultime encouragement, fonce, tu n'as plus rien à perdre. » Refoulant ses doutes, il regarda le critique qui travaillait à son ordinateur, le dos tourné à la porte, puis il l'interpella.

— Monsieur St Andrews ?

Sans cesser de pianoter sur son clavier, Edwin répondit d'une voix sèche :

— Il est inutile de sortir d'une grande école pour comprendre que je suis occupé. J'en conclus donc que vous êtes un âne et je vous demande de partir avant que je ne sois obligé d'élever la voix et de vous humilier.

— Je ne pense pas que vous le feriez, monsieur St Andrews.

Dans un mouvement d'irritation, Edwin fit pivoter son siège et se figea.

— V... vous ?

— Oui, je voulais...

— N'approchez pas !

— Ne craignez rien, monsieur St Andrews. Notre petit différend s'est réglé au commissariat et je vous présente toutes mes excuses.

Visiblement peu convaincu des intentions pacifiques de Josh, Edwin se leva et recula contre le mur.

— Pourquoi êtes-vous venu ?

— Pour vous parler.

Josh, qui tentait de surmonter son malaise, referma la porte et sursauta : le critique s'était mis à hurler.

— Arrêtez ou j'appelle la sécurité ! Vous ne vous en sortirez pas comme ça. Je... je suis un membre éminent de ce journal.

— Je n'en ai jamais douté, monsieur St Andrews. Et ne soyez pas ridicule. Je ne suis pas venu pour vous frapper.

Edwin se redressa de toute sa petite taille.

— Alors que voulez-vous ?

— Vous parler de Taryn Wilde.

— Pourquoi ?

— Parce que je pense que vous l'avez injustement traitée.

— Et alors ?

La question, jetée avec mépris, réveilla la colère endormie de Josh. Il voulut riposter mais Edwin le devança.

— Je l'ai traitée comme la plupart des artistes que je côtoie. Cela fait partie de mon travail.

134

— C'est possible. Mais, à votre place, je réfléchirais à un moyen de réparer les dégâts que vous avez occasionnés.

— Pourquoi ?

— Parce que je suis inquiet pour Taryn et lorsque je suis inquiet, je réagis impulsivement. Si vous voyez ce que je veux dire.

Josh ne se reconnaissait pas. Etait-il en train de devenir menaçant, lui, qui s'était toujours montré aussi doux qu'un agneau ?

— Que voulez-vous ? répéta le critique d'une voix nerveuse.

— C'est très simple. Vous prenez soin de Taryn et moi, je m'occupe de vous.

— Comment cela, vous vous occupez de moi ?

— Les impôts, répondit Josh, laconique.

— Vous... vous travaillez aux impôts ?

Edwin était soudain devenu très pâle et Josh se dit avec ravissement que son idée était bonne. Il venait de taper dans le mille. Dès qu'il s'agissait d'argent, il développait un instinct extraordinaire.

— Pas exactement, répondit-il avec une nouvelle assurance. Mais j'ai des contacts. Vous avez déjà eu un contrôle fiscal ?

— N... non.

— Je pense que vous n'aimeriez pas avoir affaire à un cabinet d'audit. Ils peuvent remonter sur des années en arrière, vous savez.

— Des années ?

Josh acquiesça, solennel. Puis il plongea une main dans sa poche et s'avança vers Edwin.

— Je suis prêt à vous offrir mes services en échange de votre coopération, dit-il en lui tendant sa carte.

— Et si je refuse ?

— A votre place, je réfléchirais.

— Pourquoi ? Peut-être ne serai-je jamais contrôlé.

— J'en doute. Et je pense qu'il serait préférable que vous preniez vos précautions.

Edwin s'essuya le front.

— Admettons que nous fassions affaire. Je ne peux pas encenser votre amie. Je... je ne l'ai jamais fait. Personne ne me croirait.

— Je ne vous demande pas de mentir, St Andrews, mais d'être honnête. Et de le dire si vous pensez que Taryn a du talent.

Il y eut un silence, suivie d'une réponse susurrée du bout des lèvres, à contrecœur.

— Elle a du talent.

— Formidable, Edwin.

Josh prit la main courte et potelée du critique et la serra avec vigueur.

— Je savais que nous pourrions nous entendre.

Lorsqu'il sortit, il eut du mal à retenir un cri de joie. Il avait accompli sa mission. La réputation, à peine naissante, de peintre de Taryn ne serait pas écornée, et elle resterait à Los Angeles. Pour le moment, il ne demandait rien d'autre. A lui de franchir les derniers obstacles. D'un pas allègre, il fit en sens inverse le chemin jusqu'au bureau de Garrett pour lui annoncer la nouvelle de son triomphe. Mais une autre nouvelle l'attendait.

— Josh ! s'écria McCabe dès qu'il poussa la porte. La liste des nominations aux oscars vient juste de tomber. Olivia y figure.

— Quoi ?

— Regarde.

Garrett lui tendit le fax et Josh découvrit avec stupéfaction le nom d'Olivia Wilde en première ligne. Cette nomination était-elle un signe du destin ? Il n'était pas superstitieux mais, ce matin, il avait le sentiment que la situation inextricable dans laquelle il se trouvait depuis des jours était en train de se dénouer. Peut-être les choses finiraient-elles par s'arranger. D'un côté, la carrière d'Olivia serait relancée, et de l'autre, Taryn resterait, lui offrant une chance de lui avouer ses sentiments. Le cœur battant, il rendit le fax à Garrett, et quitta le bureau.

Assise par terre, sa robe de coton rouge déployée autour d'elle, Taryn regardait d'un air absent l'auto-portrait abstrait posé sur le chevalet. Elle se rappelait avec exactitude le jour où elle l'avait peint, et pourtant elle avait le sentiment de contempler une œuvre étrangère. Ce n'était pas son tableau le plus achevé mais il respirait la passion et la fièvre, des émotions qu'elle n'arrivait plus à reproduire sur une toile depuis son retour d'Europe.

Ce n'était cependant pas faute d'être encouragée. Margaux l'appelait tous les jours, lui répétant sans cesse qu'elle avait du talent et devait croire en son avenir. Mais Taryn était lucide. Elle savait que rien n'était plus comme avant et que la flamme s'était éteinte. Triste coïncidence. Juste au moment où elle avait décidé de faire de la peinture son métier, sa bonne fée artistique l'avait abandonnée.

Et puis, à quoi bon insister ? Après le scandale de la veille, tout était perdu. Edwin St Andrews allait faire d'elle sa cible. Elle le revit avec la toile déchirée autour du cou et, aussitôt, le visage de Josh se superposa à cette vision tragiquement comique. Il avait réagi pour l'aider mais il n'aurait pas dû... il n'avait pas compris.

La sonnerie brève et stridente de l'Interphone déchira le silence écrasant de l'atelier. Etonnée, Taryn releva lentement la tête. Elle n'attendait personne. Berti volait en direction de Paris avec sa nouvelle conquête et Margaux était à Santa Barbara pour la journée. A part eux, elle n'avait pas d'amis. Etaient-ce les photographes, attirés par son passage scandaleux à Art Exposed ? Dans un réflexe de défense immédiat, elle se redressa et se précipita dans l'entrée.

— Allez-vous-en ! hurla-t-elle dans le micro de l'Interphone. Laissez-moi tranquille !

— Taryn ?

Elle tressaillit. Cette voix grave...

— Taryn ? Vous êtes là ?

Fermant les yeux, elle s'adossa au mur.

— Taryn, il faut absolument que je vous parle.

— Non...

Que venait-il faire ? Et pourquoi ?

— J'arrive.

— Non ! Partez... je vous en prie...

Josh ne répondit pas et les secondes s'égrenèrent, interminables. Puis Taryn se remit à parler, la voix assourdie par le désespoir et la fatigue.

— Arrêtez de me harceler. Depuis que vous êtes apparu dans ma vie, vous ne m'avez fait que du mal. Je ne veux plus vous voir. Si...

Un bruit sur le palier l'alerta et elle s'interrompit.

— Josh ? appela-t-elle dans l'Interphone. Josh ? Vous êtes toujours là ?

— Je suis là, répondit une voix de l'autre côté de la porte.

Taryn étouffa un cri. Pourquoi la tyrannisait-il ? Pourquoi n'accédait-il jamais à ses désirs ? Il frappa et, soudain, la colère prit le pas sur son désarroi. Déverrouillant la porte, elle l'ouvrit brutalement et hurla.

— Je vous ai dit de partir !

— Je ne partirai pas avant que nous ayons parlé.

Josh fit un pas en avant. Dans un réflexe de protection, Taryn voulut repousser le battant mais il glissa son pied dans l'entrebâillement.

— Calmez-vous.

— Je suis très calme ! Mais j'en ai par-dessus la tête que vous vous immisciez dans ma vie. Je ne veux plus vous voir... jamais !

La colère la faisait balbutier.

— Est-ce vraiment ce que vous voulez ?

Josh avait posé la question d'une voix étonnamment calme et Taryn se sentit faiblir. Non, ce n'était pas ce qu'elle voulait, mais à quoi bon avouer ses sentiments ? Puisque leur relation, elle le savait, était vouée à l'échec. Josh se moquait d'elle. Tout ce qui l'intéressait était de protéger Olivia et son maudit oscar. En s'autorisant, au passage, quelques baisers volés. Soutenant son regard, elle répondit d'une voix qui s'étrangla :

— Oui. C'est ce que je veux.

— Et vos nouvelles toiles ?

— Il n'y aura pas de nouvelles toiles.

— Cela ne vous ressemble pas d'abandonner si vite.

— Qu'en savez-vous ?

Elle le toisait, les larmes au bord des cils.

— Vous ne connaissez rien de moi. Avec tout ce qui s'est passé, vous êtes-vous demandé une seule fois ce qui comptait réellement dans ma vie ?

— Bien sûr.

— Non ! Si cela avait été le cas, vous n'auriez jamais agressé Edwin. Vous n'êtes concerné que par la précieuse récompense d'Olivia. Vous ne connaissez rien de moi, répéta-t-elle, la gorge nouée par un sanglot.

— Si. Je sais que vous êtes peintre et que vous êtes douée.

— Taisez-vous. Vous ne savez même pas de quoi vous parlez.

— Peut-être mais ce que je sais, en revanche, c'est qu'un peintre digne de ce nom utilise ses pinceaux et ne reste pas à bouder comme une enfant gâtée.

L'attaque galvanisa Taryn.

— Je ne suis pas une enfant gâtée, s'écria-t-elle. Et je ne boude pas. Si je ne peins pas, c'est que je n'en ai ni l'envie ni l'inspiration.

— Dommage.

D'un geste ferme, Josh la poussa et pénétra dans le loft. Taryn le regarda avec effroi.

— Que... que faites-vous ?

— Vous le voyez bien.

Il dénoua sa cravate.

— Je me déshabille.

Le cœur affolé, Taryn se retint à la porte.

— Etes-vous devenu fou ?

— Je devais poser pour vous, non ? Je me suis dit que vous aviez peut-être fini de vous apitoyer sur votre sort et que vous souhaitiez vous remettre au travail.

— Et vous arrivez, comme ça, alors que vous venez de détruire tous mes espoirs ?

Imperturbable, Josh fit glisser sa cravate et la jeta sur les coussins.

— Où voulez-vous que je me mette ?

— Ne... ne jouez pas avec moi. Je ne sais pas ce que vous avez manigancé avec Olivia, mais...

— Je n'ai rien manigancé.

Il était devenu fou. Et elle n'allait pas tarder à le devenir, elle aussi. De toutes ses forces, elle essayait de lutter contre le feu qui couvait en elle. Si Josh achevait de se déshabiller, elle ne répondrait plus de rien. Or elle ne voulait pas commettre l'irréparable. Mais, le souffle court, elle suivait le lent mouvement de ses mains brunes et viriles sur sa chemise. Il avait fini de la déboutonner et la vision de son torse musclé acheva d'attiser son désir.

Josh était encore plus sexy qu'elle l'avait imaginé. Son corps d'athlète, parfaitement découplé, rappelait les statues grecques antiques. Il avait les épaules carrées, le torse large, la peau mate. Tout chez cet homme semblait se conjuguer pour lui faire perdre la tête.

Les doigts crispés dans les plis de sa jupe, Taryn résista à une terrible envie de le toucher, de la même façon qu'elle aurait caressé un Michel-Ange ou un Rodin, avec vénération et respect. Mais Josh n'avait rien d'une statue. C'était un homme de chair et de sang. Un homme vivant et terriblement attirant.

140

— Vous commencez par des croquis ? demanda-t-il.

Elle bredouilla.

— O... oui, je... restez comme ça. Je reviens tout de suite.

Dans une volte-face précipitée, elle échappa au regard noir de Josh. Il allait la rendre folle. Et elle ne comprenait pas. Jusqu'ici, c'était toujours elle qui avait mené la danse, elle qui avait attisé le désir des hommes. C'était la première fois qu'elle éprouvait un tel sentiment d'urgence, et de totale impuissance. Refermant sur elle la porte de sa chambre, Taryn tenta de se raisonner.

— Ce n'est qu'un modèle, murmura-t-elle. Un modèle... tu en as déjà vu des dizaines.

Mais comment comparer Josh à tous ces hommes qu'elle avait peints avec froideur et détachement ? Il émanait de lui une telle sensualité, une telle puissance virile. Un long frisson lui parcourut les reins puis elle se ressaisit. Elle devait refouler tous ses doutes. Il avait accepté de poser pour elle, lui offrant l'opportunité dont elle rêvait depuis des jours, et il n'était pas question qu'elle laisse passer sa chance. Elle aurait tout le loisir de réfléchir plus tard aux sentiments que lui inspirait ce modèle très particulier.

Lorsqu'elle revint dans l'atelier, Josh avait pris place sur un tabouret, sous la verrière, et il avait, dans un ultime souci du détail, retiré ses lunettes. C'était la première fois qu'il les ôtait devant elle, et une seconde suffit à Taryn pour savoir qu'elle ne s'était pas trompée. Ses yeux étaient superbes, d'un noir d'encre, presque liquide, soulignés par des cils drus et des sourcils parfaitement dessinés. Des yeux révélateurs d'un tempérament de feu.

— Je... j'ai dû laisser ma planche à croquis par là.

Elle passa devant lui sans oser le regarder, se dirigeant vers la table où s'entassaient, pêle-mêle, ses palettes, ses pinceaux et ses tubes de peintures.

— Voulez-vous que je retire mon pantalon ?

La main de Taryn se crispa sur son carnet de croquis. Avait-elle bien compris ? Venait-il de lui proposer de se déshabiller — presque entièrement ! — devant elle ? Alors qu'il n'y avait pas si longtemps, il devenait écarlate dès qu'elle se permettait de soulever la question ? Où voulait-il en venir ? Avait-il l'intention de jouer avec ses nerfs ? Ou de jouer avec elle, tout simplement, puis de l'abandonner, une fois son plaisir assouvi ?

Elle se retourna et répondit froidement.

— C'est inutile.

Puis, le regard fixe, elle examina sa posture.

— Tournez-vous légèrement sur la gauche et calez votre jambe sur le pied du tabouret.

Josh obéit sans broncher.

— Comme ça ?

— Oui. Levez votre visage vers la lumière. Non... un peu moins.

Il était parfaitement docile, mais elle comprit qu'il ne parviendrait pas, sans aide, à prendre la pose idéale. Rassemblant son courage, elle s'avança vers lui et abaissa doucement son épaule gauche. Puis, très vite, elle retira la main et s'enfuit, affolée par le plaisir brûlant qu'elle avait éprouvé au contact de sa peau ferme et soyeuse.

Sans un mot, elle s'assit face à lui et commença à dessiner. Une atmosphère pesante régnait sur l'atelier. Immobile, Josh se comportait comme le plus parfait des modèles. Quand elle eut achevé trois croquis prometteurs — en se demandant quelle force surnaturelle l'aidait à se concentrer —, Taryn eut envie d'aller plus loin dans son travail.

— S'il vous plaît...

— Oui ?

— Je... je pense que c'est le moment de... enfin, si vous pouviez...

— Retirer mon pantalon ?

— Oui, répondit-elle d'une voix précipitée. Si vous n'y voyez pas d'objection, bien sûr.

— Pas la moindre.

C'était le monde à l'envers. Du coin de l'œil, elle suivit chacun des mouvements de Josh. Avec souplesse, il se laissa glisser du tabouret puis retira ses chaussures, sans présenter le moindre signe de nervosité. Alors qu'elle, elle se sentait fébrile.

Lorsqu'il se redressa, une main sur sa ceinture, Taryn crispa si nerveusement les doigts sur son fusain qu'elle le cassa. Puis, dans un bruissement furtif, le pantalon de Josh tomba à terre et, pour la première fois, elle le découvrit quasiment nu, vêtu d'un seul caleçon de soie ivoire qui révélait toute sa virilité.

— Reprenez votre place, dit-elle d'une voix mal assurée.

Taryn voulut se remettre au travail mais, cette fois, le point de non-retour avait été franchi et elle fut incapable de se concentrer. Comment l'aurait-elle pu, alors que Josh s'offrait à son regard, superbe et excitant ? Quelle femme aurait pu résister à la tentation ? Le cœur battant, elle essayait de détourner les yeux de la seule partie de son anatomie qu'il lui cachait encore, refoulant les images qui se bousculaient devant ses yeux.

— Redressez-vous légèrement.

— Comme ça ?

— Oui... enfin... pas exactement.

Pour se protéger du soleil, Josh avait fermé les yeux et elle en profita. Se rapprocher quand il ne la regardait pas la rassurait. Sans bruit, elle vint vers lui et, d'un geste incertain, glissa une main sous son menton. Aussitôt, Josh rouvrit les yeux et lui sourit.

— C'est bon, là ?

— Je...

Les paroles de Taryn s'évanouirent sur ses lèvres. Avec une délicieuse lenteur, il avait pris sa main pour déposer un baiser au creux de sa paume ouverte. Elle avait conscience de devoir s'écarter, refuser ce geste qui en appellerait d'autres. Mais que signifiait la raison, en de pareils instants ? Son seul souhait était de répondre à l'appel silencieux de cet homme qui l'avait ensorcelée.

Les yeux noirs de Josh brûlaient d'un désir comparable à celui qui enflammait ses sens. Et elle sut que rien, désormais, ne les arrêterait plus dans leur quête du plaisir. Elle perçut son souffle court, la puissance de ses bras s'enroulant autour d'elle, et le monde chavira. Plus rien d'autre ne comptait que le désir brutal, irrépressible, qui les poussait l'un vers l'autre.

Avec un long soupir de volupté, Taryn effleura les épaules nues de Josh. Sous ses paumes frémissantes, elle devinait les muscles durs et tendus comme un arc.

— Josh...

Elle le voulait. Maintenant.

— Chut.

Le regard étincelant de passion, il fit sauter d'un doigt les deux premiers boutons de son corsage échancré. Au bord du précipice, Taryn vacilla et se retint aux épaules de Josh.

Alors, avec un murmure rauque, il l'attira vers lui. Parcourue de frissons, elle se cambra à sa rencontre, et sa fière virilité lui cria à quel point il la désirait, à quel point elle le rendait fou...

Ils s'embrassèrent comme s'ils n'avaient attendu que cet instant depuis des siècles. Leurs gémissements de plaisir montaient dans la pièce silencieuse.

Jamais un tel feu n'avait dévoré Taryn. On aurait dit que Josh avait pris possession de son corps ; y faisant naître un besoin exigeant. Entre ses bras, elle se sentait incapable de lutter contre la passion qui la dévorait ; elle ne voulait penser à rien, qu'à l'instant présent, sans chercher à savoir ce que leur réservait l'avenir.

S'arrachant à ses lèvres, Josh s'écarta et elle se sentit perdre pied sous la caresse de ses yeux de braise. Voluptueusement, il acheva de dégrafer son corsage. La mousseline écarlate glissa sur ses épaules frémissantes, révélant au regard de Josh la naissance de ses seins, à peine dissimulés sous un entrelacs de dentelle noire.

— Tu es si belle, et j'ai tellement rêvé de cet instant... Jamais je n'aurais cru qu'il arriverait...

Cette fois, ce fut elle qui le fit taire. Elle était redevenue sûre d'elle et pleine d'audace. D'un mouvement vif, elle ôta son soutien-gorge et se révéla dans sa nudité provocante. Puis, avec une impatience fébrile, elle retira la ceinture qui retenait sa longue jupe, la laissant retomber autour d'elle dans un bruissement furtif.

— Taryn... Taryn, j'ai tellement envie de toi.

La main brûlante de Josh se tendit un instant vers sa gorge, puis il se pencha et prit entre ses lèvres la pointe d'un sein. Les yeux mi-clos, Taryn gémissait doucement. Par ses caresses, Josh lui soufflait la promesse d'un long et merveilleux voyage.

— Viens, l'implora-t-elle. Maintenant...

Avec une stupéfiante facilité, il la souleva dans ses bras et traversa la pièce. Contre son torse dur, la jeune femme éprouva une merveilleuse sensation de bien-être et de sécurité, comme s'il était à même de la protéger contre vents et marées. Ils n'avaient pas encore fait l'amour, mais déjà leur harmonie la bouleversait. Et quand, avec une infinie délicatesse, Josh la déposa sur le lit, elle lui tendit les bras dans une supplique.

— Viens...

D'un mouvement souple, il répondit à son appel, et aussitôt Taryn s'enflamma. Ses mains fines coururent sur le torse puissant de Josh, puis redescendirent, audacieuses, jusqu'à faire glisser le caleçon de soie blanche sur les jambes longues et fermes entrelacées aux siennes. Elle entendit un soupir rauque avant de sentir les mains de Josh s'attarder à leur tour sur la dernière entrave qui séparait encore leurs deux corps...

Avec une délicieuse lenteur, il lui retira sa minuscule

culotte puis se glissa près d'elle, lui arrachant un long soupir de volupté. Dans un même mouvement, ils roulèrent sur le lit et s'embrassèrent avec une fièvre qui les emporta vers des contrées inexplorées. Ils se découvraient, se savouraient, emplissant la nuit de leurs soupirs et Taryn sut, dans un éclair, qu'elle devrait garder à jamais ces instants gravés dans sa mémoire. Ils seraient peut-être uniques et rien ne devrait les effacer.

Car, ce soir, entre les bras de Josh, elle connaissait un sentiment nouveau. Pour la première fois, son cœur et son corps vibraient d'amour. Elle aimait, follement, passionnément. Les jambes nouées autour des hanches de cet amant inattendu, elle l'attira vers elle, l'invita, et se donna à lui, criant son plaisir lorsqu'il la rejoignit dans l'extase, et priant le ciel pour que cela ne cesse jamais.

Plus tard, dans le silence de la chambre plongée dans la pénombre, Josh s'endormit entre ses bras et elle le contempla. Dans le sommeil, son masque d'impassibilité était définitivement tombé et son expression était celle d'un homme heureux. Un homme qui venait de vivre, comme elle, des instants de bonheur intense. Avec précaution, elle se pencha pour l'embrasser puis, sans bruit, saisit un T-shirt et sortit de la chambre à la recherche de son fusain et de ses feuilles.

A la lumière pâle de sa lampe de chevet, elle refit alors son croquis, essayant de reproduire sur le papier le corps parfait de Josh, jusqu'à ce que ses yeux et ses doigts ne lui obéissent plus. Et quand, ivre de sommeil, elle éteignit et se glissa près de lui, elle avait déjà une certitude. Au-delà de leurs différences, quelque chose les avait indéniablement rapprochés. La question était de savoir s'ils sauraient prolonger au réveil ce bonheur si fragile.

La lumière tendre de l'aube tira Josh d'un sommeil profond et apaisé. Clignant des yeux, il regarda autour de

lui et découvrit la chambre dans l'ombre des stores véni-
tiens. L'espace d'un instant, il se demanda où il était, puis
les images de la nuit lui revinrent à la mémoire et son
cœur se gonfla de bonheur.

Taryn...

Avec émotion, il se tourna et la vit, auréolée de ses
boucles blondes. Elle dormait contre lui, son corps parfait
à demi dénudé sur les draps blancs froissés, telle qu'il
l'avait rêvée, et le feu du désir se remit à couler dans ses
veines. Parcouru d'un tressaillement de plaisir, il se coula
contre elle.

— Tu dors?

— Mmm...

Elle bougea légèrement et il sentit sur son torse la
caresse de ses seins.

— Quelle heure est-il? demanda-t-elle d'une voix
ensommeillée.

— Il est tôt.

— Tu ne pars pas travailler?

— Non.

D'une pression, Josh l'attira dans la chaleur de son
épaule et savoura en silence la plénitude de ce petit
matin. Il se sentait merveilleusement bien, si bien qu'une
pensée l'effleura.

— Taryn...

Avec un petit grognement, elle se blottit contre lui.

— Oui..

— Hier... ta grand-mère a été officiellement sélectionnée et... elle a prévu d'organiser une petite fête. Je voudrais que tu m'accompagnes.

Il avait prononcé ces derniers mots très vite et il sentit
Taryn se crisper contre lui.

— Pourquoi? demanda-t-elle avec méfiance.

— Pour que vous vous parliez.

— Ça ne servira à rien.

Craignant d'avoir été maladroit, Josh tenta de se justifier.

— Si, Taryn. Il est temps de cesser de vous faire du mal.

— A quoi bon?

Elle s'écarta et remonta le drap sur sa poitrine.

— Nous ne nous sommes jamais comprises.

— Justement. Tu ne crois pas que l'heure de la trêve a sonné?

— Non.

— Je te le demande, s'il te plaît.

Cette fois, elle se raidit.

— Je t'ai déjà dit qu'il était hors de question que tu me dictes ma conduite. Cette attitude pose un véritable problème entre nous, Josh, et...

— Tais-toi. Si je me permets de te le dire, c'est que j'estime que c'est important pour notre avenir.

Il aimait ce mot, le concept d'un avenir commun. Mais, s'il en jugeait par l'expression de Taryn, elle semblait avoir une tout autre opinion sur la question.

— Quel avenir? demanda-t-elle. Nous avons passé la nuit ensemble et déjà...

— Taryn, pour moi, cette nuit signifie bien plus qu'un merveilleux moment. Il s'est passé quelque chose entre nous et rien ne doit nous séparer. Surtout pas Olivia.

Son regard bleu rivé au plafond, elle lui parut soudain terriblement lointaine. Lorsqu'elle reprit la parole, sa voix était assourdie par l'émotion.

— D'accord, acquiesça-t-elle. Admettons que nous puissions envisager un avenir commun, mais ce n'est qu'une hypothèse... eh bien, même si c'était le cas, tu ne pourrais pas me forcer à aller voir Olivia.

— Je ne te force pas.

Il se pencha vers elle et l'embrassa langoureusement.

— Arrête... tu n'as pas le droit d'utiliser le sexe comme moyen de persuasion.

Avec un petit sourire, Josh répondit par un nouveau baiser, plus intense et brûlant que le précédent. Les mains fines de la jeune femme le repoussèrent sans conviction.

— Alors? fit-il.

— Non...

— Non?

— Bon, d'accord, céda-t-elle à contrecœur. Mais tes méthodes sont déloyales et rien ne dit que ça marchera.

— Nous ferons en sorte que cela marche, Taryn, je te le promets.

— Ce n'est pas parce que tu le dis...

— Si.

Josh se lova contre elle avec délices.

— A ton tour, maintenant. Demande-moi ce que tu veux, je ne refuserai jamais.

Un sourire mutin releva les lèvres de la jeune femme.

— Je ne sais pas si tu seras capable de me l'offrir.

Josh étouffa son rire par un baiser avide. Lorsqu'il se redressa, l'écrasant de sa puissance et de sa virilité, ses yeux noirs étincelaient de mille promesses.

— A partir de maintenant, mademoiselle Wilde, murmura-t-il contre ses lèvres, je vais faire tout ce qui est en mon pouvoir pour satisfaire vos désirs.

8

Une main sur sa capeline ornée d'un long ruban jaune vif, Taryn regardait la maison de sa grand-mère. Dans la lumière dorée du crépuscule, elle avait le sentiment que la vieille demeure la fixait avec désapprobation, comme si elle avait perçu la présence d'une invitée indésirable. Une dizaine de voitures étaient garées sur le trottoir, devant la pelouse.

Déchirée entre la peur et le désir de franchir les derniers mètres qui la séparaient encore de son passé, Taryn hésita. Comment allaient se passer les retrouvailles avec sa grand-mère ? Leur dernière rencontre remontait à huit ans mais elle se souvenait encore des paroles échangées juste avant son départ pour l'Europe. Des paroles dures, blessantes, qui avaient poussé Taryn sur le chemin de la rébellion.

Elle en voulait encore à Olivia, mais elle savait aussi que Josh avait raison. Le moment était venu d'effacer les blessures du passé. Elle avait changé. Olivia était sa seule famille et si elle doutait encore de pouvoir être un jour proche de cette grand-mère qu'elle connaissait si peu, Taryn espérait secrètement instaurer entre elles un respect réciproque. Redressant la tête avec courage, la jeune femme se dirigea vers le perron et sonna. Presque aussitôt, la porte s'ouvrit sur un maître d'hôtel en livrée blanche qui s'inclina solennellement.

— Mademoiselle.

La gorge nouée par l'émotion, Taryn lui répondit d'un sourire bref, puis se laissa guider vers le salon. Une foule d'invités s'y pressaient, riant et buvant du champagne. Spontanément, la jeune femme chercha sa grand-mère du regard. Elle la repéra presque aussitôt. Sa mince silhouette, qu'elle aurait reconnue entre mille, se dessinait en contre-jour devant les fenêtres du jardin. Josh se tenait près d'elle. Puis, tout à coup, Olivia s'écarta et le cœur de Taryn bondit dans sa poitrine.

Où était passé le dictateur invincible de son enfance, cette femme froide qui lui avait rendu la vie si difficile ? Elle découvrait aujourd'hui une femme déjà âgée, qui avait su garder toute sa prestance et sa beauté, et offrait un visage rayonnant de douceur.

Jamais Taryn n'avait regretté le passé. Jusqu'à cette seconde, où elle revit brusquement défiler les années qui s'étaient envolées. Toutes ces années où elle n'avait pas su confier à sa grand-mère ses angoisses et ses doutes, lui dire combien elle se sentait abandonnée. Par fierté, elle avait gardé ses souffrances enfouies au plus profond de son cœur. Elle s'était rebellée sans répit contre l'autorité d'Olivia, espérant la rendre malheureuse, et devenant ainsi à la fois bourreau et victime parce qu'en voulant punir Olivia, elle se punissait elle-même. Bouleversée, Taryn se mordit la lèvre pour réprimer leur tremblement. Etait-elle prête, maintenant, à affronter le passé ?

— Bonsoir.

Elle sursauta. Josh venait de surgir devant elle et la regardait, une infinie tendresse au fond des yeux.

— J'avais peur que tu aies changé d'avis.

Il masquait de sa haute taille l'encadrement de la fenêtre et la jeune femme eut envie brusquement de se jeter dans ses bras. Pour la première fois, elle rencontrait un homme susceptible de l'aider, la protéger.

— J'aurais mieux fait, Josh. Je... je n'y arriverai jamais.

152

— Si. C'est le moment idéal. Cette soirée représente beaucoup pour Olivia et ta présence va la toucher profondément.

— Tu ne lui as pas dit que je venais, j'espère?

Il la rassura d'un sourire.

— Non. Je ne voulais pas la décevoir au cas où tu ne tiendrais pas ta parole.

— Dis plutôt que tu voulais lui éviter une crise cardiaque.

— Ne raconte pas de sottise.

Dans un geste de réconfort, il prit ses mains et les serra entre les siennes.

— Je ne veux pas te forcer à la voir. Si tu préfères partir, tu es libre.

Dans un élan spontané, Taryn s'appuya contre Josh. Depuis qu'ils avaient fait l'amour, elle se prenait à espérer, qu'un jour, très proche, ils surmonteraient leurs différences. N'avait-il pas déjà changé? Pour la première fois, il ne la contraignait pas, mais lui offrait un choix.

— Je parlerai à Olivia, promit-elle. Mais pas maintenant. Je ne m'en sens pas la force.

Comme il ne répondait pas, elle leva les yeux vers lui d'un air inquiet.

— Tu es déçu?

— Pas du tout.

— Tu le jures?

Il souleva son menton et l'embrassa du bout des lèvres.

— Je le jure, murmura-t-il, avant d'ajouter, visiblement à regret : il faut que je retourne voir ta grand-mère, maintenant. A plus tard.

Le cœur de Taryn se gonfla de bonheur. Josh l'écoutait et savait respecter ses désirs. Il n'était plus cet étranger, cet homme froid et rigide qu'elle avait détesté. Près de lui, elle se sentait vivante, sereine. Il lui avait transmis cette force tranquille qu'elle avait su déceler dès leur première rencontre.

Lorsqu'il rejoignit Olivia, celle-ci leva la tête et l'espace d'un éclair, Taryn croisa son regard. Affolée, elle retint son souffle, mais déjà un nouvel invité attirait l'attention de la reine de la soirée. Taryn en profita pour s'esquiver d'un pas pressé en direction de la porte. Elle avait la sensation d'être écrasée sous une chape de plomb. Les émotions, successives et violentes, la terrassaient. Pourtant, au moment de franchir le seuil, elle hésita. Elle était là, à l'orée de ses souvenirs. Pourquoi ne pas en profiter et effectuer cette plongée dans le passé qui représentait peut-être la clé de sa guérison ?

Très vite, dans la crainte de changer d'avis, Taryn fit volte-face et s'engagea dans un couloir obscur. Elle le connaissait par cœur et avançait comme un automate, sachant exactement où elle allait. Lorsqu'elle s'arrêta devant la dernière porte, sa main resta de longues secondes sur la poignée. Puis l'impatience l'emporta sur la peur, et elle l'abaissa, poussant lentement le battant de bois. D'un regard, elle fit un bond dans le passé et se revit entrant dans cette même chambre, quelques jours après le terrible accident qui avait coûté la vie à ses parents.

Elle avait alors neuf ans.

Mais rien n'avait changé.

Les rideaux et le baldaquin de vichy rose étaient toujours les mêmes. Sur les murs, le papier fleuri avait seulement un peu pâli. Chaque jouet, chaque bibelot était à sa place. Comme si Olivia avait voulu faire de cette pièce un musée. Lentement, religieusement, Taryn pénétra dans la chambre et marcha vers le lit. Un ours en peluche, son ours, gisait sur l'oreiller.

— Monsieur Boomer, murmura-t-elle, emportée par un flot de souvenirs. Qu'as-tu fait de beau depuis tout ce temps ?

Elle l'attrapa d'une main tremblante.

— Tu t'es laissé vivre ? Oh... ça ne m'étonne pas. Tu as pris du ventre. Tu ne fais pas assez d'exercice.

Avec une émotion fébrile, elle serra la peluche sur son cœur et regarda autour d'elle. Face aux fenêtres, une cheminée surmontée d'un miroir renvoyait la lumière du soleil. Sur son manteau de marbre, une série de photographies attira son attention. Elle se rapprocha. Les cadres d'argent finement ciselé lui renvoyèrent les images d'une époque révolue. La vue brouillée par les larmes, elle se revit, bébé, sur les genoux de son père, puis enfant, entre ses deux parents superbement élégants...

— Excusez-moi.

La main de Taryn se crispa sur le vieil ours. Pendant une seconde, elle crut que la voix surgissait de sa mémoire.

— Le cocktail se déroule dans le salon. Puis-je vous demander ce que vous faites ici ?

Refoulant ses larmes, elle pivota lentement puis ôta sa capeline.

— Bonjour, grand-mère.

Sous l'effet de la surprise, Olivia recula.

— Mon Dieu...

Ses lèvres fines tremblaient et elle se mit à balbutier.

— C'était bien toi... tout à l'heure...

— Oui.

— Mon Dieu...

Il y eut un silence, qu'Olivia rompit d'une voix tremblante.

— Pourquoi es-tu ici ?

— C'est Josh qui m'a demandé de venir.

— Pourquoi ? Tout le monde sait que nous ne nous parlons plus depuis des années.

Taryn se mordit la lèvre. C'était encore plus difficile qu'elle l'avait craint.

— Justement, grand-mère.

Depuis combien d'années n'avait-elle pas prononcé ce nom ?

— Je pense qu'il est temps de changer.

Olivia marqua une seconde d'étonnement puis elle haussa les épaules. De toute évidence, elle ne la croyait pas. Alors Taryn, malgré toutes ses incertitudes, décida de la convaincre.

— Josh m'a dit, pour ta nomination aux oscars. Tu dois être heureuse.

Le regard bleu d'Olivia s'éclaira.

— O... oui. C'est vrai, je suis heureuse. Mais, et toi ? Je... j'ai cru comprendre que tu allais exposer.

Ce fut au tour de Taryn de s'étonner. N'était-ce qu'un jeu mondain, ou Olivia se sentait-elle réellement concernée ? Prudente, elle répondit en tentant de déchiffrer l'expression de sa grand-mère.

— Oui. A la Galerie Talbot, mi-avril.

— C'est formidable.

Formidable. C'était bien la première fois qu'Olivia avait un mot gentil et qu'elle paraissait sincère. Josh avait-il raison ? Etait-il possible qu'elles puissent se rapprocher ? Le cœur gonflé d'un espoir fou, Taryn enchaîna fébrilement.

— Je suis heureuse que ces photos de moi dans les journaux n'aient pas compromis tes chances pour la nomination.

Dans un premier temps, Olivia choisit apparemment d'éluder la difficulté et de se cantonner au sujet des oscars.

— Oh, tu sais, la nomination n'est que la première étape. Je ne suis pas encore l'heureuse élue.

Puis elle marqua un temps et émit un rire gêné.

— Je me suis peut-être affolée trop vite. Les photos n'étaient pas si terribles. Même celle de Joshua et toi, dans l'*Inquisitor*. Quand je pense à la tête qu'il a faite le jour où je lui avais suggéré de te séduire...

— Que dis-tu ?

Etonnée par la brusquerie soudaine de sa petite-fille, Olivia répondit en haussant les épaules.

156

— Rien. Simplement, je ne pensais pas que Josh ferait ce que je lui demandais.

Le cœur battant à cent à l'heure, Taryn essayait de conserver son calme. Mais la douleur, sournoise, accomplissait son œuvre.

— Pourquoi lui as-tu demandé cela ?

— Tu faisais un tel remue-ménage, répondit Olivia de cette voix haut perchée que la jeune femme se reprit à détester. Je pensais que si tu occupais ton temps à autre chose...

— Comme m'envoyer en l'air avec ton conseiller financier ?

— Taryn ! Comment peux-tu être aussi vulgaire ? D'ailleurs Josh a refusé. C'est un homme de principe...

— Je sais. Merci.

M. Boomer calé sous son bras, Taryn foudroya sa grand-mère du regard.

— Tu ne changeras donc jamais.

— Mais...

Comme une furie, elle la dépassa et s'échappa, trouvant son chemin pour rejoindre le hall malgré les larmes qui lui brouillaient la vue. La tête lui tournait, elle suffoquait. C'était un cauchemar. Sans savoir comment elle y parvint, elle retrouva sa voiture et s'engouffra à l'intérieur.

Puis, tremblante, elle claqua la portière et s'affaissa sur le volant. Etait-elle maudite ? Pourquoi le sort s'acharnait-il sur elle ? Elle ne savait pas si elle devait hurler sa colère ou éclater en sanglots. Les paroles d'Olivia résonnaient dans sa tête comme un glas et elle crut que ses nerfs allaient la trahir.

« Quand j'ai demandé à Josh de te séduire... »

C'était impossible. Ce qu'ils avaient vécu ensemble ne pouvait pas faire partie d'un plan. Il ne l'avait pas séduite dans le seul but d'arriver à ses fins, de propulser Olivia vers la gloire ! Terrassée par la douleur, Taryn essaya de se ressaisir. Elle se refusait à croire que les sentiments de Josh à son égard n'étaient que tromperie. Non. Il l'aimait. Ne l'avait-il pas prouvé? N'avait-il pas parlé d'avenir? Et cette tendresse, cette fièvre lorsqu'il la tenait entre ses bras? Ces effusions faisaient-elles partie du jeu? Elle retint le sanglot qui montait dans sa gorge. Josh n'était pas comme tous ces gens indifférents qui se prétendaient ses amis. Josh...

Taryn serra en gémissant M. Boomer entre ses bras. Elle avait beau rejeter cette idée de tout son être, le doute s'immisçait dans son esprit et elle comprit avec effroi que son rêve de bonheur était en train de se briser. Comme un disque rayé, la même rengaine semblait vouloir se répéter. Josh, comme les autres, avait agi par intérêt.

Comment avait-elle pu se laisser abuser? Comment, surtout, avait-elle pu tomber amoureuse de cet homme rigide et incapable de lui offrir la liberté sans laquelle elle finirait par s'étioler?

Son rire amer, mêlé à un sanglot, s'éleva dans l'habitacle. C'était incroyable de constater à quel point la passion amoureuse pouvait occulter la réalité. Depuis que Josh avait quitté sa chambre, elle n'avait pas réfléchi objectivement une seule seconde à leur avenir. Mais à présent qu'elle en prenait la peine, elle comprenait avec une effroyable lucidité qu'ils n'avaient pas la moindre chance de vivre ensemble. Et que l'amour, même s'il semblait tentant, n'y changerait jamais rien. Telle fut sa conclusion en cette journée qui aurait dû être celle de tous les bonheurs.

Taryn était partie.

Partie.

La tête entre les mains, Josh tentait de refouler le mot terrible qui martelait son crâne. Mais ses efforts étaient vains. Lancinant, il ne cessait de revenir le hanter. Depuis trois jours, Taryn avait disparu. Sans raison et sans explication.

— Peut-être est-elle retournée en Europe? suggéra Olivia d'une petite voix embarrassée.

Josh releva vers elle ses yeux rougis par la fatigue.

— Sa place n'est pas en Europe mais ici, avec moi.

— Avec vous?

Etonnée, Olivia se tortilla sur sa chaise.

— Que voulez-vous dire?

Mille fois, Josh s'était remémoré ses dernières heures avec Taryn, chaque mot qu'il avait prononcé, chaque sourire, et il en était arrivé à la conclusion de ne rien avoir fait, ni dit qui ait pu la pousser à partir. Alors pourquoi? Regrettait-elle leur nuit d'amour et avait-elle choisi de le fuir?

— Vous ne me répondez pas, Josh. Qu'entendez-vous par sa place est avec moi?

Ignorant la question d'Olivia, il se parla à lui-même.

— Margaux Forestier ne dira rien. Même si elle sait où se trouve Taryn, elle ne la trahira pas.

— Josh! Allez-vous me répondre à la fin? Je pensais que vous vouliez la voir partir, pour reprendre le cours habituel de votre vie...

— Je ne veux pas reprendre le cours de ma vie!

Surprise par la violence de sa réplique, Olivia sursauta.

— Je suis amoureux de votre petite-fille, Olivia. Amoureux fou.

Josh n'avait pas cherché à l'annoncer si brusquement mais, à présent, il s'en moquait. C'était la vérité et il n'avait aucune raison de s'en cacher.

— Josh... je sais que vous avez le don d'égayer les moments les plus sombres mais... dans ce cas précis, votre sens de l'humour ne m'amuse pas.

— Je ne plaisante pas.

— Ne soyez pas stupide. Comment pouvez-vous être amoureux de Taryn? Elle est incontrôlable et impulsive. Alors que vous...

— Elle a changé. Et moi aussi, j'ai changé.

Le débit d'Olivia s'accéléra.

— Joshua, Joshua, Joshua, où avez-vous la tête ? Taryn vous a embrouillé, c'est évident. Ce n'est qu'un stupide béguin. Vous vous en rendrez compte dans peu de temps.

— Nous avons dépassé le stade du simple béguin.

Subitement inquiète, Olivia Wilde plissa ses yeux bleus.

— Vous ne voulez tout de même pas dire que ma petite-fille et vous...

Deux taches rouges apparurent sur ses joues. Ne sachant si elles étaient dues à la gêne ou à la colère, Josh décida de trancher dans le vif.

— Si, Olivia. Nous avons fait l'amour.

— Oh, ça, par exemple !

Se renversant sur son siège, elle agita la main pour s'éventer.

— Vous et Taryn...

— Oui, moi et Taryn. Je l'aime, et je veux l'épouser.

Josh avait prononcé ces derniers mots sans réfléchir et, soudain, il s'entendit les répéter jusqu'à l'étourdissement. Epouser Taryn, épouser Taryn, épouser Taryn...

— Mais enfin, Josh, êtes-vous devenu fou ?

— Non.

Menaçant, il planta ses yeux noirs dans le regard affolé d'Olivia.

— Avez-vous la moindre idée de ce qui a pu se passer ? Avez-vous dit quelque chose qui ait pu la contrarier ?

— N.. non... enfin...

— Enfin quoi ?

C'était la première fois qu'il la rudoyait et elle se mit à trembler.

— Avec ce que je sais maintenant, j'ai pu effectivement... lui dire quelque chose qui l'ait choquée.

— Quelle chose ? s'écria Josh. Dites !

— Eh bien, je lui ai laissé entendre... que je vous avais proposé de la séduire pour gagner sa coopération, dit-elle précipitamment. Mais je ne savais pas que vous aviez suivi mon conseil !

— Oh, non...

Josh se renversa sur son siège avec un tressaillement d'horreur.

— Je suis désolée. Je ne voulais pas la blesser. Je... je ne savais pas...

La sonnerie de l'Interphone se mêla au sanglot d'Olivia. Livide, Josh se redressa et appuya sur le bouton.

— Oui ?

— Monsieur Banks, un coursier vient de déposer un courrier. L'expéditeur est un certain M. Hallihan et j'ai pensé que cela pouvait être important.

— Merci. Apportez-le.

Quelques secondes plus tard, Dolores déposait devant Josh une longue enveloppe brune. Qu'avait découvert Tru ? Dès la disparition de Taryn, il l'avait supplié de tout mettre en œuvre pour retrouver sa trace. Mais à présent, son impatience avait fait place à une peur paralysante. Qu'allait-il apprendre ? Avec fébrilité, Josh prit l'enveloppe, la décacheta, puis en laissa glisser le contenu sur son sous-main. Il s'agissait d'une édition de l'*Inquisitor*, avec une note agrafée sur la première page.

« Regarde page 25. Et appelle-moi si tu veux que je poursuive les recherches. Amitiés. Tru. »

Ses recherches ? Etait-il sur une piste ? Incapable de maîtriser le tremblement de ses doigts, Josh ouvrit le journal à la page indiquée. Aussitôt, son regard fut attiré par une photo accompagnée d'une légende.

« Wilde quitte son financier pour rejoindre son ex-amant. »

Son cœur s'arrêta de battre. Ce n'était pas possible... pas lui ! Il se frotta les yeux puis remit ses lunettes et parcourut, hébété, l'article dont les lettres se mirent à vaciller.

« La célèbre Taryn Wilde a quitté sa passade, un conseiller financier de Los Angeles, pour retrouver son ex-amant, le play-boy français Bertrand-Remy Ducharme. Les deux tourtereaux ont été aperçus à l'aéroport Kennedy alors qu'ils embarquaient pour Paris. Désolé, M. Banks, mais dompter Taryn Wilde est une tâche difficile. *Ciao Bella*, vous nous manquerez ! »

Glacé, Josh fixa le cliché noir et blanc. Pour une fois, Ducharme la protégeait des objectifs et seules une jambe et une main de Taryn apparaissaient derrière le manteau du Français.

Berti...

Le cauchemar, à l'état pur.

Malgré l'angoisse qui l'étreignait, Josh tenta de se ressaisir. D'accord, il concevait que les paroles d'Olivia aient pu blesser Taryn mais de là à commettre une telle folie ! Et puis elle était combative. Si elle croyait en leur amour — et elle croyait en leur amour ! —, pourquoi n'était-elle pas revenue l'affronter plutôt que de le fuir ?

— Je peux voir ? dit Olivia d'une petite voix.

Décomposé, Josh jeta le journal sur son bureau.

— Elle est retournée en Europe.

— Oh... mon Dieu !

Olivia porta une main fine à ses lèvres.

— Qu'allez-vous faire ?

— Que voulez-vous que je fasse ?

Tout était terminé, gâché. Irrémédiablement.

— Allons. Vous n'allez tout de même pas vous apitoyer sur votre sort. Ma petite-fille a des défauts mais elle est loin d'être sotte. Dès qu'elle se sera aperçue de son erreur, elle reviendra.

— Non.

— Bien sûr que si ! N'est-ce pas vous qui m'avez dit qu'elle expose dans deux mois ? Quoi qu'il arrive, elle sera forcée de revenir.

Olivia s'interrompit puis, d'une voix caressante, acheva de le rassurer.

— Vous verrez, tout ira bien.

Josh aurait tout donné pour la croire mais la nouvelle l'avait anéanti. Taryn s'était enfuie avec Ducharme. Existait-il au monde plus horrible cauchemar ?

Après avoir fait un détour par Westwood pour déposer Olivia, Josh retourna à Bachelor Arms. Il avait mal à la tête. Ses yeux tenaient à peine ouverts. Cela faisait trois jours qu'il n'avait pas fermé l'œil et il se demandait s'il parviendrait un jour à retrouver le sommeil.

Brisé, il longeait le couloir menant à son appartement quand il vit que la porte menant chez Tru était ouverte. Machinalement, il la poussa et regarda à l'intérieur. Le salon était pratiquement vide, à l'exception de quelques cartons et du miroir. Du maudit miroir.

— Bonjour.

Un paquet sous le bras, Tru sortit de la cuisine.

— Je suis content de te voir, Josh.

— Moi aussi. Qu'est-ce que tu fais ici ?

— Amberson a trouvé quelqu'un pour mon appartement. J'ai vingt-quatre heures pour vider les lieux sinon il envoie la totalité de mes biens au mont-de-piété. Toujours aussi aimable, notre cher propriétaire.

Il sourit puis retrouva son sérieux.

— Tu as reçu le journal ?

— Oui.

— Et alors ?

— Alors quoi ? demanda Josh d'une voix morne.

— Tu veux que je continue ?

— Non.

Il y eut un silence.

— Tu l'aimes, n'est-ce pas ?

La voix joyeuse de Garrett brisa net une éventuelle velléité de réponse.

— Salut, les gars, vous allez bien ?

163

Il entra et vint se camper devant Josh.

— Oh, tu n'as pas l'air en forme, toi. Mlle Wilde t'aurait-elle encore fait des misères ?

Du coin de l'œil, Josh aperçut Tru qui faisait de grands signes à Garrett.

— Et toi, mon grand, tu emménages définitivement chez la belle Caroline ?

— Je te rappelle que je l'ai épousée.

— Malheureusement, dit-il avec un long soupir. C'est triste à dire, mes poussins, mais je pense que les femmes vous perdront tous.

Tru répondit en haussant les épaules.

— Et toi avec.

— Oh, non !

— Regarde le miroir, McCabe.

Tru et Garrett, surpris, se retournèrent vers Josh.

— Qu'est-ce que tu dis ?

— Regarde le miroir. Et dis-nous ce que tu vois.

— Josh...

Interloqué, Tru s'avança vers lui.

— Tu crois au fantôme, maintenant ?

— Oh, la, la ! fit Garrett. Taryn Wilde a vraiment une très mauvaise influence sur toi.

— Tais-toi et fais ce que je te dis.

— Eh ! Du calme, mon grand. D'accord...

De mauvaise grâce, Garrett alla se camper devant le miroir, suivi de Josh, puis de Tru. Dans un silence respectueux, ils contemplèrent leur image et, malgré son désespoir, Josh eut du mal à retenir un sourire. Ils avaient l'air malins, tous les trois, plantés devant cette glace dans l'attente d'un signe de l'au-delà. Garrett avait raison. Taryn lui avait tapé sur la tête et il était aux portes de l'asile.

— O.K., les gars, j'arrête. Et je vous invite à boire un verre au Flynn.

— Très sage décision, approuva Tru. Je finirai mes cartons plus tard. Tu viens, McCabe ?

Garrett secoua la tête.

— Vous voyez ce que je vois?

— Quoi?

— Là.

Le regard rivé sur le miroir, il tendit la main et Josh se figea. Non... ce n'était pas possible. Pourtant, tout à coup, son cœur se mit à battre un peu plus fort. Il se pencha et regarda ce que lui montrait Garrett. Il n'y vit que leur reflet. Maudissant sa stupidité, il se redressa et saisit le bras de McCabe.

— Allez, viens, laisse tomber.

— Non... regarde...

Une expression étonnée sur le visage, Garrett jeta un coup d'œil par-dessus son épaule, exactement comme l'avait fait Josh le jour où le phénomène étrange lui était apparu. Puis il reporta son attention sur le miroir.

— D'où vient-elle?

Tétanisé, Josh sentit le sol se dérober sous ses pieds. Natasha et Tru ne s'étaient pas trompés. Le fantôme existait. Mais la légende selon laquelle les plus grands rêves devaient devenir réalité? Allait-il, lui, en tirer les bienfaits? Il tressaillit et se rendit à l'évidence. Sa vie, loin de se transformer en un rêve éveillé, était en train de sombrer dans le cauchemar.

Glacé, il se tourna alors vers Garrett et murmura entre ses lèvres.

— Que Dieu te vienne en aide, mon pauvre vieux.

— Tu es sûre que tu peux rester seule?

Debout au milieu du salon, Taryn jeta un regard circulaire sur la grande pièce ensoleillée et fit à Margaux un signe de tête approbateur.

— Oui. C'est magnifique. L'endroit idéal pour une artiste en quête d'inspiration.

La villa, moderne et lumineuse, surplombait le Pacifique. D'immenses baies vitrées ouvraient sur un jardin exotique où les arbres aux essences rares côtoyaient un foisonnement de fleurs aux couleurs chatoyantes. L'endroit était idéal, c'était vrai. Ce que Taryn omettait d'ajouter était qu'elle doutait de pouvoir retrouver son inspiration, ici ou ailleurs.

Lorsqu'elle avait quitté Olivia, elle avait conduit sans but et s'était retrouvée sur la route de Palm Springs. Incapable de réagir, elle avait continué et prit une chambre dans un hôtel luxueux niché au cœur de cette oasis de rêve. Là, elle avait passé quatre jours à vider le minibar et à regarder toutes les séries les plus stupides à la télévision. La direction lui avait poliment demandé de quitter les lieux quand le montant autorisé de sa carte de crédit avait été — largement — dépassé.

Perdue, Taryn avait alors appelé Margaux qui l'avait convaincue de revenir à Los Angeles. Ce qu'elle avait fait. C'est après avoir supporté pendant plus de deux jours ses pleurs et ses menaces — Taryn avait juré qu'elle n'exposerait jamais — que la directrice de la Galerie Talbot l'avait emmenée sans lui demander son avis dans la villa d'un ami sculpteur à Santa Barbara.

— Tu pourras mettre tes toiles dans son atelier. Au premier.

Silencieuse, Taryn acquiesça puis elle sortit sur la terrasse. Une brise légère apportait le parfum de l'océan auquel se mêlaient les senteurs fleuries des bougainvilliées et des eucalyptus. En contrebas, les vagues du Pacifique venaient se briser sur une longue plage de sable blond. Pour la première fois depuis des jours, Taryn se sentait en harmonie avec elle-même.

— Tu vas voir, lui dit Margaux. Le temps s'écoule différemment ici. La vie est calme et je suis certaine que tu vas parvenir à retrouver tes sensations.

Le regard de Taryn se perdit sur la ville, avec ses maisons blanches aux toits de tuiles rouges, entourées de pelouses impeccables.

— Tu as sans doute raison.

— Tu veux bien me dire, maintenant, ce qui s'est passé avec Josh?

Les doigts de Taryn se crispèrent sur la rambarde de bois.

— Rien de ce que j'imaginais, Margaux. Je me suis fait rouler, comme d'habitude.

— Il m'a demandé si je savais où tu étais.

Taryn fit volte-face.

— Tu l'as vu?

— Oui.

— Et que lui as-tu dit?

— C'était il y a quelques jours et je ne savais même pas où tu étais. Il avait l'air très inquiet.

Un instant éclairé, le visage de la jeune femme se rembrunit.

— Rien ne peut inquiéter Josh, si ce n'est ma grand-mère.

— Tu ne veux pas lui dire où tu es?

Un rire amer s'échappa de ses lèvres.

— Il le saura bientôt. A moins que je reste cloîtrée ici vingt-quatre heures sur vingt-quatre, les journalistes finiront bien par me repérer. C'est comme si je laissais des petits cailloux dans mon sillage.

— Pas cette fois-ci.

Margaux lui tendit l'*Inquisitor*.

— Regarde.

Intriguée, Taryn lut la légende sur laquelle son amie pointait un ongle rouge.

« Wilde quitte son financier pour rejoindre son ex-amant. »

Stupéfaite, elle releva les yeux sur la photo et reconnut Berti, vêtu d'un long manteau de cachemire blanc. Derrière lui, une femme se protégeait des objectifs. Tout ce que Taryn put apercevoir du sergent Julie Knowles fut une jambe et une main.

— Margaux, ce n'est pas moi... comment a-t-on pu me

confondre avec cette fille ? Elle est énorme et mesure au moins un mètre quatre-vingts. Regarde ses pieds !

— Ne te pose pas trop de questions, ma chérie. Pour tout le monde, aujourd'hui, Taryn Wilde est retournée en Europe. Ta tranquillité est assurée.

Dubitatif, le regard de Taryn se reporta sur la photo.

— Tu as peut-être raison, murmura-t-elle. Et puis c'est ce qu'ils voulaient depuis le début. Olivia et lui doivent être enfin heureux.

— Et toi ?

— Moi ?

La jeune femme se retourna et se perdit dans la contemplation d'un massif de roses pourpres. Comment pourrait-elle être heureuse ? A moins d'oublier le regard caressant de Josh Banks, elle ne le serait jamais. Et elle doutait, la mort dans l'âme, de pouvoir l'effacer un jour de sa mémoire.

9

Assise sur un banc de bois, les mains cachées dans les manches de son long pull écru, Taryn contemplait l'horizon, là où le ciel se confondait avec la mer dans un flamboiement de pourpre et de violine. Le disque écarlate du soleil allait sombrer dans l'océan et elle retenait son souffle face à la beauté de cet instant magique. Un instant de plénitude qu'elle ne voulait rater pour rien au monde.

Depuis un mois, elle se levait chaque matin à l'aurore, peignait jusqu'à la fin de l'après-midi puis partait se promener dans les ruelles pittoresques de la ville à la recherche de l'endroit idéal pour admirer le crépuscule.

Ce soir, elle avait gravi la côte d'Anacapa Street et s'était installée sur le toit en terrasse du palais de justice. Crénelé de tourelles, l'édifice majestueux surplombait la ville, et la vue, du haut du belvédère, était d'une beauté saisissante. En dessous d'elle, sous la caresse des derniers rayons du soleil, les toits de tuiles rouges s'enflammaient, tandis que les murs blancs se fondaient dans un camaïeu de rose et de doré. Bientôt, les ombres de la nuit allaient s'étirer sur ce décor de carte postale, et Taryn, comme chaque soir, se sentirait apaisée.

Les deux premières semaines, les jours lui avaient paru longs et douloureux. Elle n'avait cessé de se morfondre, maudissant Josh et sa propre naïveté. Puis un matin, elle s'était levée et avait décidé que le temps des regrets était révolu. Et elle s'était remise à travailler.

Aujourd'hui, deux nouvelles semaines s'étaient écoulées et Taryn s'obligeait à respecter un emploi du temps rigoureux, sachant que, au moindre écart, le souvenir de Josh reviendrait la hanter, anéantissant d'un coup tous ses efforts pour redresser la tête.

Elle ne voulait plus penser à lui, ni au bonheur furtif qui les avait unis. Un jour, lorsqu'elle s'en sentirait la force, elle rouvrirait son cœur et tenterait d'analyser ses émotions. Mais pour l'heure, elle n'avait qu'une pensée, se concentrer sur son travail. L'exposition était prévue pour le mois suivant et elle n'avait pas le droit de gâcher cette ultime chance de réussir sa vie.

Ce soir-là, après une heure passée face à l'immensité du Pacifique, elle revint chez elle avec un dîner mexicain acheté sur le port. Elle s'apprêtait à ouvrir la porte de la villa, le sac de chez Pablo's entre les dents, quand une voix familière s'éleva derrière elle.

— Bonsoir, Taryn.

La surprise lui fit pousser un cri. Dans un bruit mat, le sac tomba à terre, laissant s'éparpiller tout son contenu. Taco, chips et poivrons frits roulèrent sur les marches de bois jusqu'aux pieds d'Olivia. Pendant une seconde, seul le chant des grillons déchira le silence de la nuit.

— Qui t'a dit que j'étais là? murmura Taryn.

Une seconde s'écoula. Puis le visage de sa grand-mère apparut dans la lumière du porche.

— Margaux Forestier.

— Pourquoi es-tu venue?

Avec nervosité, Olivia tritura la fermeture de son sac. Elle répondit sans regarder Taryn.

— Tu ne me proposes pas d'entrer? Je... j'ai des choses délicates à te dire et je préférerais ne pas rester sur le pas de ta porte.

Entrer? Pour quoi faire? La jeune femme essayait de réguler les battements de son cœur. Elle venait à peine de sortir du tunnel et ne voulait plus de discussions, plus

170

d'affronts. Pourtant, une force inconnue la poussa à céder à la requête d'Olivia. Sans un mot, elle mit sa clé dans la serrure et ouvrit. Puis, dans un silence de plomb, elle conduisit sa grand-mère dans le salon.

— Assieds-toi.

— Merci.

Mal à l'aise, Olivia s'installa sur le rebord d'une chaise en métal.

— Voilà, je voulais te dire...

Elle se mordit la lèvre, puis reprit d'une voix mal assurée.

— Je voulais te dire que j'étais désolée et que j'avais commis une erreur.

— Quelle erreur?

Impassible, Taryn la dévisageait avec froideur.

— Ce... ce que je t'ai raconté à propos de Josh. Je t'ai dit que c'était moi qui lui avais demandé de te séduire mais...

— Ne te fatigue pas.

— Si. Josh m'a raconté pour... enfin... il m'a dit que vous aviez... passé un moment très intime ensemble. Et il m'a juré que ma suggestion ridicule n'avait rien à voir avec ce... enfin... il m'a dit qu'il t'aimait. Vraiment.

Les paroles d'Olivia restèrent un instant suspendues dans la pièce. Puis Taryn s'enflamma et les nia.

— C'est faux! Il ne m'a jamais aimée. Il a fait semblant.

Elle se tut, retenant les larmes qui perlaient sur ses cils. Pourquoi Olivia était-elle venue retourner le couteau dans la plaie?

— Tu dois me croire, insista sa grand-mère. Ce pauvre garçon est fou amoureux. Depuis ton départ de Los Angeles, il est complètement déboussolé. Il est persuadé que tu es repartie en Europe avec ce Français...

Taryn ne l'écoutait plus. Josh amoureux. C'était ce qu'elle avait cru, elle aussi, jusqu'à la chute, brutale et

171

douloureuse. Et aujourd'hui, plus rien ne pouvait la convaincre du contraire. La révélation fortuite d'Olivia lui avait ouvert les yeux. Même si Josh ne l'avait pas séduite par intérêt, elle ne voulait plus croire en ses sentiments, parce qu'elle savait, tout simplement, qu'une relation avec lui relevait de l'impossible.

— Reviens avec moi à Los Angeles.

— Non...

En proie à une émotion trop vive, Taryn s'échappa sur la terrasse et respira à pleins poumons l'air parfumé de la nuit. Elle ne devait pas faiblir. Mais la voix modulée d'Olivia revenait à la charge.

— Tu lui parleras ?

— Pourquoi ? Nous n'avons rien à nous dire.

— Taryn, j'ai beaucoup d'affection pour Josh. Et je ne veux pas qu'il souffre.

La jeune femme se retourna, étonnée.

— Je ne comprends pas. Pourquoi cherches-tu à le protéger ? Il n'est que ton conseiller financier...

— Il est bien plus que cela, Taryn. A une époque où j'allais mal, il m'a aidée. Plus personne ne croyait en moi, et sans lui, je serais morte. Il m'a sortie du gouffre. Je n'avais plus un sou. J'étais à bout.

Plus un sou... à bout...

Interloquée, Taryn regarda sa grand-mère avec effarement.

— Mais alors... comment as-tu fait pour mes cours, les écoles...

— Toutes mes économies y sont passées.

Elle essaya de sourire mais son regard se voila.

— Je te demande pardon, ma chérie. Je n'ai pas su t'aimer comme il le fallait et je te supplie de me donner une nouvelle chance.

La jeune femme était paralysée. Les questions se bousculaient dans sa tête et elle avait du mal à faire le point. Olivia s'était sacrifiée pour elle. Olivia lui parlait d'une seconde chance.

— Je t'aime, Taryn.

Le cœur battant, Taryn se retint à la balustrade. Allait-elle le vivre enfin, cet amour familial qu'elle avait tant cherché ?

— Rentre avec moi à Los Angeles, supplia Olivia. Mon chauffeur m'attend dehors. Tu assisteras à la cérémonie des oscars avec moi et tu parleras à Josh. Je ne serai pas heureuse tant que tu ne l'auras pas revu.

— N... non.

Tout allait trop vite. Tout était trop violent. Olivia, Josh...

— Je ne peux pas. Pas encore... Il faut que je reste ici pour terminer mon travail. Et si Josh... si Josh tient à moi autant que tu le dis, il pourra attendre.

Les bras resserrés autour de sa poitrine, Taryn posa sur sa grand-mère un regard étincelant de larmes.

— Tu lui as dit où je me trouvais ?

— Non.

— Alors, garde le secret, je t'en prie.

— Si tu le désires. Mais Josh est un homme formidable. Et je serais heureuse qu'il entre dans notre famille.

Taryn eut un petit rire triste.

— Je ne vais tout de même pas l'épouser pour te faire plaisir.

— Non, mais tu pourrais l'épouser parce que tu en as envie.

Et lui ? En avait-il envie ? La voix brisée, Taryn répondit dans un murmure.

— Ne me demande rien, je t'en supplie. Pas maintenant.

— D'accord.

Avec un geste d'une infinie tendresse, Olivia l'attira dans ses bras et Taryn se sentit défaillir. Comme un sanglot montait dans sa gorge, sa grand-mère l'enlaça et lui glissa avec amour.

— Maintenant, je suis là, ma chérie. Et je ferai tout pour te rendre heureuse.

La Galerie Talbot résonnait d'un brouhaha feutré. Les invités étaient d'une élégance sophistiquée et leurs rires s'élevaient avec discrétion. Margaux, impériale dans un ensemble pantalon de mousseline verte, discutait avec un collectionneur renommé et Taryn la regardait avec nervosité depuis le premier étage de la galerie.

L'heure avait sonné de se jeter dans la cage aux fauves.

D'un geste lent, elle lissa son fourreau noir, vérifia son chignon, puis entama la descente vers ce qu'elle espérait être une nouvelle vie. A peine arriva-t-elle au bas de l'escalier que des applaudissement s'élevèrent, presque aussitôt suivis de l'exclamation ravie de Margaux.

— Ma chérie ! dit-elle en s'élançant à sa rencontre.

En dépit du malaise qui l'étreignait, Taryn se composa un sourire triomphant et, à partir de cette seconde, oublia tous ses doutes pour redevenir la sublime Taryn Wilde. Pendant deux heures, elle joua son rôle à la perfection, ayant un mot aimable pour chacun et évoquant son œuvre avec pertinence. Ensorceleuse, elle charma les critiques, rayonnante, elle séduisit les femmes, puis la fatigue et la nervosité la rattrapèrent et elle eut envie de s'accorder un répit.

Elle s'apprêtait à se faufiler discrètement dans le bureau de Margaux quand le silence tomba soudain sur la galerie. Tous les regards s'étaient tournés vers la porte et un murmure admiratif courait dans l'assemblée.

Vêtue d'un tailleur gris perle en parfaite harmonie avec ses cheveux argentés, Olivia Wilde se tenait à l'entrée. Les applaudissements, tout d'abord timides, se firent plus nombreux et sa grand-mère y répondit par une expression émue. Quinze jours plus tôt, elle avait obtenu l'oscar du meilleur second rôle féminin.

Le visage illuminé d'un sourire où se lisait toute sa fierté, Taryn se précipita.

— Je suis tellement heureuse que tu aies pu venir.

Olivia la prit dans ses bras et l'embrassa avec une émotion plus éloquente que tous les mots d'amour et de réconciliation. Parce qu'elles avaient des années de tendresse à rattraper, elles avaient su faire table rase de toutes les incompréhensions, de tous les reproches enfouis qui les avaient si sottement éloignées l'une de l'autre.

— Tu es superbe, ma chérie.

— Merci, grand-mère.

Taryn sentit son cœur se gonfler de bonheur. Quel plaisir de prononcer ce simple mot, un mot qui faisait d'elle de nouveau une enfant. Une enfant à qui l'on donnait, enfin, tout l'amour qu'elle réclamait.

— Tu me fais l'honneur de la visite?

Radieuse, Taryn offrit son bras à Olivia et l'entraîna vers la série de toiles exécutées pendant son séjour à Santa Barbara.

— Je vais te montrer mon tableau préféré.

— Taryn... j'ai parlé à Joshua, aujourd'hui.

La jeune femme se figea. Puis, très vite, elle se remit à parler.

— Cette toile...

— Taryn, la coupa Olivia. Il va mal. Il est toujours persuadé que tu l'as quitté pour ce Français.

— Oui, et alors? Tu ne lui as pas dit la vérité?

— Tout d'abord, tu m'as priée de garder le secret. Ensuite, la dernière fois que je me suis mêlée de vos histoires, ça ne s'est pas très bien terminé. Et je pense que c'est plutôt à toi de lui parler, non?

Lui parler? Pour dire quoi? Josh lui manquait. Terriblement. Et ses efforts pour l'oublier étaient aussi vains que douloureux. Elle avait cru y parvenir mais son retour à Los Angeles avait réveillé le souvenir de ces heures merveilleuses vécues entre ses bras. Un souvenir qui la hantait et lui gâchait la vie.

— Je ne sais pas, murmura-t-elle. Je ne suis pas encore prête...

— Quand le seras-tu ? Tu l'aimes, oui ou non ?

— C'est bien plus compliqué. Josh et moi sommes tellement différents. Je... je ne suis pas sûre que nous puissions être heureux.

— C'est ridicule. Je suis certaine que vous pouvez parvenir à résoudre vos problèmes.

Si seulement sa grand-mère disait vrai. Taryn refoula l'émotion qui lui nouait la gorge et coupa court à la conversation en désignant une toile.

— Qu'est-ce que tu en penses ?

— Il est superbe. Taryn...

Avec une douce fermeté, Olivia prit sa main et la força à se tourner vers elle.

— Tu es douée, ravissante, et je veux te voir heureuse, tu entends ? Heureuse.

— Oui, je...

Les paroles de Taryn se figèrent sur ses lèvres. A l'entrée de la galerie venait d'apparaître une silhouette haute et familière dont le souvenir était à jamais gravé dans sa mémoire. Pendant une fraction de seconde, elle ferma les yeux, espérant que l'image disparaîtrait, mais lorsqu'elle les rouvrit, Josh était toujours là. Pâle, aminci. Négligé. Ses cheveux avaient poussé et retombaient en mèches drues sur le col de sa chemise. Ce n'était plus Josh, mais l'ombre de lui-même. Gagnée par l'affolement, Taryn s'écarta.

— Excuse-moi, grand-mère. Je reviens tout de suite.

Etonnée, Olivia voulut la retenir. Mais la jeune femme s'était déjà enfuie vers le bureau de Margaux. Josh... Que venait-il faire ? Qu'avait-il à lui dire ? Et à quoi bon ? Elle referma la porte d'une main tremblante et, assaillie par les pensées les plus folles, s'effondra dans le fauteuil. Elle n'aurait pas la force de l'affronter. Ni maintenant, ni jamais ! Alors qu'elle se sentait défaillir, la porte se rouvrit brusquement sur Margaux.

— Il est ici, ma chérie.

Un froid glacial courut dans les veines de Taryn. Livide, elle affronta le regard de son amie.

— Je sais.

— Je pense que tu vas être obligée d'aller le voir.

— Non...

Elle secoua la tête.

— C'est impossible. Je ne peux pas...

— Bien sûr que si. Qu'est-ce qui te prend ? Tu ne vas tout de même pas te laisser impressionner !

— Si. Et puis de quoi ai-je l'air ? Regarde ma robe. Il va la trouver horriblement provocante...

— Tu es devenue folle ?

Avec un haussement d'épaules, Margaux retourna à la porte et l'entrebâilla.

— Il fait une de ces têtes ! A ta place, je me dépêcherais avant qu'il fasse un scandale. Viens voir.

Avec des gestes d'automate, Taryn se redressa et obéit. Puis, comme Margaux s'écartait pour lui laisser la place, elle étouffa un cri.

— Mais c'est Edwin St Andrews !

— Bien sûr. De qui pensais-tu que je parlais ?

— Mais de... de Josh...

— Ton amoureux transi ?

— Oui. Il...

Taryn porta une main tremblante à ses lèvres.

— Margaux. S'il rencontre St Andrews...

— Oh, mon Dieu...

Cette fois, ce fut au tour de la directrice de la Galerie Talbot de pâlir.

— C'est affreux. S'ils se croisent, nous courons droit à la catastrophe. St Andrews va faire un scandale et la réputation...

— Ne t'inquiète pas.

Face au danger qui les menaçait, Taryn sentait ses forces revenir.

— Il n'y aura pas de bagarre, je te le jure. Occupe-toi

de Josh, fais-lui faire le tour de la galerie, emmène-le dans la réserve, n'importe où. Pendant ce temps-là, je me charge d'Edwin. D'accord ?

Margaux hocha la tête puis joignit ses mains fines.

— Bonne chance, ma chérie...

Taryn la regarda puis, après une longue inspiration, elle ouvrit la porte et quitta le bureau. Elle aperçut aussitôt St Andrews parmi la foule des invités. Un doigt sur les lèvres, il se tenait devant la dernière série de toiles et les regardait d'un air songeur. Rassemblant son courage, Taryn se dirigea vers lui d'une démarche assurée.

— Bonsoir, monsieur St Andrews.

Un sourire crispé sur les lèvres, elle lui tendit une main qu'il ne saisit pas.

— Je ne m'attendais pas à ce que vous veniez.

— Je suis critique, mademoiselle Wilde, et je suis venu faire mon travail.

— Oui, bien sûr...

Il la dévisageait avec froideur et Taryn laissa retomber sa main. Elle ne devait pas faiblir. Pour deux raisons. Elle croyait en son travail. Et Margaux comptait sur son aide.

— Voulez-vous que nous parlions...

— Je préférerais que vous vous taisiez, si vous en êtes capable. Je vous ferai signe quand j'aurai une question à vous poser.

Tandis que St Andrews retournait à l'étude de ses toiles, Taryn demeura dans son ombre sans bouger. Elle éprouvait la sensation infiniment désagréable que sa vie ne tenait qu'à un fil, qu'un simple mot pouvait, à tout jamais, en modifier le cours, la briser. Mais Edwin St Andrews était-il le seul et unique maître de sa destinée ? Ou un autre homme, dans la galerie, détenait-il, lui aussi, les clés de son avenir ?

**

178

— Bonsoir, Taryn.

Un tressaillement glacé la parcourut. Elle se raidit, mais ne bougea pas, continuant de parler à Edwin d'un ton monocorde.

— J'ai... j'ai peint cette toile à Barcelone. En m'inspirant de l'atmosphère des corridas. Des couleurs, du danger et de la violence qui y règnent...

La voix grave, tendue, s'éleva de nouveau derrière elle.

— Il faut que nous parlions.

Taryn n'entendait plus que les battements effrénés de son cœur. Dans un effort suprême, elle pivota et le regard de Josh la frappa de plein fouet. Pendant une seconde de folie, elle rêva que rien ne s'était passé, qu'ils venaient de se quitter et qu'il allait lui ouvrir les bras. Puis la raison reprit ses droits et elle se ressaisit.

— Bonsoir.

Edwin s'était retourné, lui aussi, et le trouble de la jeune femme se mua brusquement en panique. Qu'avait fait Margaux ? Pourquoi ne s'était-elle pas débarrassée de Josh ? Affolée, elle observa les deux hommes en retenant son souffle. Il ne lui manquait plus que cela. Le coup de grâce. Mais contre toute attente, l'orage n'éclata pas. Et l'incroyable se produisit. Avec calme, Josh tendit une main au critique.

— Je suis content que vous soyez venu.

— Heureux de vous revoir, lui répondit Edwin.

Le regard incrédule de Taryn allait de l'un à l'autre. Que s'était-il passé ? Avait-elle manqué un épisode où...

La voix précieuse de St Andrews l'arracha à ses pensées.

— Je dois partir, mademoiselle Wilde, mais je vous félicite. Cette exposition est intéressante... très intéressante.

Intéressante...

Incapable de proférer un son, Taryn hocha la tête avec stupéfaction. Avait-elle bien compris, ou la folie l'avait-elle définitivement gagnée ? Saluant avec hauteur la plupart des invités, Edwin traversa la galerie, et lorsque la porte de verre se referma sur sa silhouette râblée, elle n'avait toujours pas esquissé un mouvement.

Hébétée, elle se tourna enfin vers Josh.

— Vous avez entendu ? St Andrews vient de dire qu'il trouvait mon travail intéressant.

— Je sais.

Il lui sourit, mais Taryn ne s'en rendit pas compte, obsédée par le compliment — le compliment ! — de St Andrews.

— Et ça ne m'étonne pas, précisa Josh. Je me suis occupé de lui.

En une seconde, elle recouvra ses esprits.

— Que voulez-vous dire par « Je me suis occupé de lui » ?

— Nous avons eu une petite conversation.

— Comme avec le photographe ?

Elle avait parlé fort et des têtes se tournèrent.

— Non, Taryn. Je suis passé au *Post* le lendemain de l'émission. Il m'a assuré qu'il se montrerait juste avec vous. Et il a ajouté que vous étiez douée.

— St Andrews vous a dit que j'étais douée ?

Josh inclina la tête et prit les mains de Taryn. Ce seul contact suffit à raviver le feu qui couvait dans les veines de la jeune femme. Tremblante, elle se sentit de nouveau perdre pied. Pourquoi était-il revenu, si ce n'était pour rouvrir sa blessure ?

— Taryn, murmura-t-il, où est Berti ?

Berti. Elle n'avait qu'à lui dire qu'elle l'aimait et tout serait terminé.

— Il est... il est en France.

— Tu l'as laissé seul à Paris ?

— Non...

Il accentua la pression de ses mains fermes et nerveuses sur les siennes. Frémissante, Taryn hésita, puis avoua dans un souffle.

— Je... je n'y suis jamais allée.

Les yeux noirs de Josh s'animèrent d'une lueur qui la
fit tressaillir. Puis il dit précipitamment.

— Viens. Il faut que je te parle.

Submergée par l'émotion, Taryn était incapable de
répondre. Elle voulait refuser mais le contact de ces longs
doigts entrelacés aux siens, la caresse de ce regard de
braise...

— Où peut-on aller ?

— Là...

Impuissante, elle désigna le bureau de Margaux et se
laissa entraîner.

— Josh...

Refermant la porte du bout du pied, il plaqua une main
sur ses lèvres. Puis il la prit dans ses bras et un long
gémissement monta dans la gorge de Taryn. Il ne fallait
pas... mais déjà le désir reprenait possession de ses sens.

— Tu m'as tellement manqué, murmura-t-il contre sa
bouche. Tellement... et j'ai eu si peur que tu sois repartie
avec Berti.

— Berti s'est marié la semaine dernière, Josh.

— C'est vrai ?

Elle posa ses yeux pâles sur ce visage dont le souvenir
l'avait tant hantée et acquiesça.

— Oui.

— Oh, Taryn...

Dans un élan fébrile, il l'attira de toutes ses forces
contre lui et la serra à l'étouffer.

— Je t'aime. Je t'aime...

Elle se mit à trembler. Olivia ne lui avait pas menti.
Josh l'aimait. Follement. Cela lui semblait si merveilleux
qu'elle n'osait pas y croire. Et pourtant... elle n'avait pas
rêvé. Il était là, près d'elle, et il la contemplait avec une
fièvre que nul n'aurait pu feindre.

— Epouse-moi.

Le désir et la peur qui se mêlaient dans sa voix rauque

la firent tressaillir de plaisir. Elle avait la sensation que sa tête allait éclater. L'épouser... Oh, mon Dieu !

Tout à coup, ce fut comme si une lame de fond l'arrachait à la douleur et à la solitude. Malgré leurs différences, ils avaient réussi. Elle savait que Josh lui apporterait l'amour et l'équilibre qu'elle recherchait depuis l'enfance.

Brûlant de cette fougue qu'elle avait su déceler dès le premier regard, Josh serait sa vie, sa passion.

Ivre de bonheur, elle se jeta contre lui et l'embrassa. Dans un baiser à couper le souffle, un baiser qui scellait une union irrationnelle.

Puis elle s'écarta et prit sa main.

— Viens, dit-elle, j'ai une surprise pour toi.

— Eh !

Redevenue l'incorrigible Taryn, elle éclata de rire et le ramena dans la galerie où tous les regards se tournèrent vers eux. Entraîné par la tornade, Josh répondait aux sourires en joignant son rire à celui de la jeune femme.

— Où m'emmènes-tu ?

— Là.

Sublime dans son long fourreau noir, elle s'arrêta devant trois toiles qu'il avait aperçues en arrivant. Elles montraient un homme nu, dans un enchevêtrement de draps blancs et froissés, caressé par la lumière dorée d'une lampe.

— Regarde.

D'un signe de tête, elle désigna un petit panneau blanc, sous le tableau du milieu. Intrigué, Josh s'en approcha et lut.

— Joshua : numéro 2.

Joshua... il se retourna.

— C'est moi ?

— Mmm, mmm... Tu aimes ?

Un sourire stupéfait sur les lèvres, il bredouilla.

— Oui... je... ils sont magnifiques. Mais d'où sortent-ils ? Ce ne sont pas les esquisses, sur le tabouret...

— J'ai retravaillé pendant la nuit, après que tu te sois endormi. Margaux dit que je n'ai jamais rien fait de mieux.

— Et tu veux dire que, ce soir, tout le monde a vu ces tableaux... de moi... nu ?

— Eh oui.

Le regard étincelant, Taryn vint se lover contre lui.

— Ne vous inquiétez pas, chef. Ces toiles sont belles mais elles ne reflètent pas la réalité.

— La réalité ?

Glissant les bras autour de son cou, elle se redressa jusqu'à ce que leurs lèvres se joignent.

— Oui. Cette réalité-là, il n'y a plus que moi qui sois autorisée à la voir à partir d'aujourd'hui.

Aux petites heures du matin, ils refirent l'amour, unis dans une même fièvre, trouvant d'instinct les gestes que l'autre attendait, comme s'ils cherchaient à rattraper des années de frustration et de solitude. Avec des mains d'artiste, les mains de l'amour, Taryn explora le corps de Josh, lui révélant des plaisirs insoupçonnés et lorsque, comblés, ils roulèrent sur les draps défaits, il refusa de la libérer.

— Ma tigresse, murmura-t-il en enfouissant le visage dans ses longues mèches soyeuses.

Un rire joyeux s'éleva. Le rire de Taryn.

— Tu n'as encore rien vu.

— Prétentieuse !

Il s'écarta et contempla le visage rayonnant de la jeune femme.

— Es-tu heureuse ?

— Merveilleusement heureuse.

— Taryn... ma Taryn...

Du bout du doigt, il suivit le contour de ses lèvres humides et frémissantes. Ces lèvres qui avaient su l'emporter sur les rivages du paradis.

— Je te promets une lune de miel digne de toi. Où aimerais-tu que je t'amène ? Londres ? Paris ? Rome ?

— Oh, mon amour, ce que tu peux être classique !

Dans un nouvel éclat de rire, Taryn se déroba et se dressa sur un coude.

— Et puis, je suis déjà allée partout. A Londres, la nourriture est infâme. Paris n'est drôle que la nuit, et la nuit... nous serons trop occupés pour en profiter. Rome est envahie par les pigeons. Non...

D'un geste large, elle désigna leur chambre qu'éclairait une minuscule lampe rose.

— Je préfère un endroit comme celui-là. Avec des miroirs au plafond, une baignoire gigantesque et un lit en forme de cœur.

Le doigt de Josh glissa le long de sa gorge.

— Tu ne crois pas qu'Olivia va être furieuse quand elle va apprendre que nous nous sommes mariés dans une chapelle de Las Vegas avec le sosie d'Elvis ?

— Eh bien, nous nous remarierons dans une église normale et nous la laisserons tout organiser. Comme ça tu seras content, toi aussi. Tout sera fait selon les règles.

— Ah non !

Avec une vivacité qui arracha un cri à Taryn, il la fit rouler sur le lit et se glissa sur elle.

— Au diable les règles, madame Taryn Wilde Banks. Je ne suis plus l'homme que vous avez connu. J'ai envie de fantaisie...

— Oh...

Mutine, elle plissa le nez et murmura.

— Mon petit mari chéri serait-il devenu... *incorrigible* ?

Incorrigibles, ils le seraient tous les deux, jusqu'au bout d'une longue vie d'amour, de rire et de passion, songea-t-il. Par un baiser fougueux, Josh scella la victoire d'une union difficile. Celle de deux êtres que tout séparait, mais que l'amour avait su rapprocher, pour le meilleur et pour le pire.

Chère lectrice,

Vous nous êtes fidèle depuis longtemps?
Vous venez de faire notre connaissance?

C'est pour votre plaisir que nous avons
imaginé un rendez-vous chaque mois
avec vos auteurs préférés, vos
AUTEURS VEDETTE dans les
collections Azur et Horizon.

Les AUTEURS VEDETTE vous
donneront rendez-vous pour de
nouveaux livres vedette.

Pour les reconnaître, cherchez
l'étoile... Elle vous guidera!

Éditions Harlequin

HARLEQUIN

LE FORUM DES LECTRICES

CHÈRES LECTRICES,

VOUS NOUS ÊTES FIDÈLES DEPUIS LONGTEMPS ?

VOUS VENEZ DE FAIRE NOTRE CONNAISSANCE ?

SI VOUS AVEZ DES COMMENTAIRES, CRITIQUES À
FORMULER, DES SUGGESTIONS À OFFRIR, N'HÉSITEZ PAS...
ÉCRIVEZ-NOUS À :   LES ENTREPRISES HARLEQUIN LTÉE.
                     498 RUE ODILE
                     FABREVILLE, LAVAL, QUÉBEC.
                     H7R 5X1

C'EST AVEC VOS PRÉCIEUX COMMENTAIRES QUE NOUS ALLONS
POUVOIR MIEUX VOUS SERVIR.

MERCI, À L'AVANCE, DE VOTRE COOPÉRATION.

BONNE LECTURE.

HARLEQUIN.

VOTRE PASSEPORT POUR LE MONDE DE L'AMOUR.

COLLECTION HORIZON

Des histoires d'amour romantiques qui vous mènent au bout du monde!

Découvrez la passion et les vives émotions qu'apportent à la Collection Horizon des auteurs de renommée internationale!

Captivantes, voire irrésistibles, ces histoires d'amour vous iront assurément droit au coeur.

Surveillez nos quatre nouveaux titres chaque mois!

La COLLECTION AZUR

Offre une lecture rapide et

- ☑ stimulante
- ☑ poignante
- ☑ exotique
- ☑ contemporaine
- ☑ romantique
- ☑ passionnée
- ☑ sensationnelle!

COLLECTION AZUR . . . des histoires d'amour traditionnelles qui vous mènent au bout du monde! Six nouveaux titres chaque mois.

GEN-AZ

Composé sur le serveur d'EURONUMÉRIQUE, À MONTROUGE
PAR LES ÉDITIONS HARLEQUIN
Achevé d'imprimer en septembre 1997
sur les presses de l'Imprimerie Bussière
à Saint-Amand-Montrond (Cher)
Dépôt légal : octobre 1997
N° d'imprimeur : 1741 — N° d'éditeur : 6789

Imprimé en France